KB120048

넘어지면 어때,
툭툭 털고 일어나면 되지

# 넘어지면 어때, 툭툭 털고 일어나면 되지

최선으로 최고의 삶을 만든 전직 승무원의 이야기

**초 판 1쇄** 2024년 07월 18일

**지은이** 도무지
**펴낸이** 류종렬

**펴낸곳** 미다스북스
**본부장** 임종익
**편집장** 이다경, 김가영
**디자인** 윤가희, 임인영
**책임진행** 김요섭, 이예나, 안채원

**등록** 2001년 3월 21일 제2001-000040호
**주소** 서울시 마포구 양화로 133 서교타워 711호
**전화** 02) 322-7802~3
**팩스** 02) 6007-1845
**블로그** http://blog.naver.com/midasbooks
**전자주소** midasbooks@hanmail.net
**페이스북** https://www.facebook.com/midasbooks425
**인스타그램** https://www.instagram.com/midasbooks



**ISBN** 979-11-6910-736-5 03810

값 18,500원

최선으로 최고의 삶을 만든 전직 승무원의 이야기

# 넘어지면 어때, 툭툭 털고 일어나면 되지

도무지 지음

미다스북스

# 추천사

이 책에서 저자는 자신의 목표를 정하고 주어진 환경을 기반으로 한 걸음 한 걸음 나가는 모습을 솔직하게 보여줍니다. 성별, 나이에 상관없이 자신의 생각에 관심을 가지고, 좀 더 나은 방향으로 삶을 이끌고자 하는 분들에게 이 책을 추천합니다. 저자의 생각과 경험이 독자분들에게 도움이 되리라 확신합니다.

**–오늘 (『휴식』 저자)**

우리는 누구나 성공과 실패의 사이를 오가며 아슬아슬한 감정의 줄다리기를 한다. 어떤 상황이든 중요한 건 지금 이 순간에 무엇을 하느냐다. 시도하지 않으면 결과조차 없으며 결과 역시 무엇을 향해 나아가는 과정의 일부다. 이 말과 딱 들어맞는 상황을 반영한 게 바로 이 책이다.

도전은 무조건 지금! 이 책에는 누구보다 진솔한 저자의 고군분투 인생 이야기가 담겨 있다. 결국 내 인생을 정의하는 건 나 자신이다. 뭔가를 해야 한다는 도전정신과 의욕은 넘치지만 막상 뭐부터 해야 할지 모르겠는 이들에게 이 책을 권하고 싶다.

**– 윤왕 (라이프 코치, 『초월자』 저자)**

하늘에는 수많은 별들이 존재합니다. 각기 다른 곳에서 별을 바라보며 느끼는 감정들은 똑같지는 않을 것입니다.

세상의 수많은 꿈 중에서, 20대의 열정을 쏟아부으며 승무원의 꿈을 이루는 것은 쉽지 않은 일입니다. 이 책의 저자는 그러한 꿈을 이뤘고, 세계를 누비며 수많은 사람들과 경험을 나눴습니다. 그러나 예기치 않은 코로나19 팬데믹으로 인해 그 꿈이 중단되었을 때, 저자는 좌절하지 않고 새로운 길을 선택했습니다.

작가의 길을 걷기로 한 결심은 단순히 직업을 바꾸는 것이 아닌, 새로운 삶의 방식을 찾아가는 여정이었습니다. 이 책은 그 여정의 생생한 기록이며, 꿈을 이룬 후에도 끊임없이 도전하고 성장하는 사람의 이야기입니다. 저자는 승무원으로서의 경험을 바탕으로, 우리에게 삶의 불확실성을 어떻게 받아들이고, 그 속에서 어떻게 새로운 가능성을 찾을 수 있는지 보여줍니다.

이 책을 통해 독자들은 단순히 작가의 이야기를 듣는 것에 그치지 않고, 자신의 삶을 돌아보고 새로운 꿈을 꿀 용기를 얻게 될 것입니다. 저자의 진솔한 이야기와 따뜻한 글 속에서, 우리는 다시 한번 삶의 아름다움을 발견하게 될 것입니다.

모든 페이지마다 담긴 저자의 열정과 진심이 독자들에게 깊은 울림을 주기를 바랍니다.

담백하기 쉽지 않은 요즘 세상
MSG를 가미하지 않은 선택이 두려웠겠지만

본연의 모습을 잃지 않는 인고의 과정이

결국 세상에 열정이란 빛이 되었네

도무지 작가의 인생 첫 책을 읽고 끄적이다

– 작가 고집 문성환

# 프롤로그

## 힘든 일도 있었겠지만,
## 좋았던 추억만 가지고 가요

저는 흰 종이에 펜 하나만 주어져도 막힘없이 이야기를 쓸 수 있을 만큼 글 쓰는 걸 좋아해요. 그런데 승무원이라는 주제로 책을 쓰기까지 1년이 넘게 걸렸어요. 집필하는 기간이 1년이 아니라, 제 마음에서 꺼내기까지 1년이요. 간직하고 싶은 순간들이 마구잡이로 떠오르면 참 좋으련만, 힘들고 아팠던 기억이 더 많았거든요. 그래서 이야기 소재가 많았음에도 쉽게 꺼내기가 어려웠어요. 그런데 결국 세상 밖에 꺼낸 이유는 언젠가 반드시 하게 될 이야기라 생각해서였어요. 다 토해내고 나면, 끝내 승무원이라는 직업에서 완전히 벗어나 자유로워질 수 있을 거 같아서요.

"힘든 일도 있었겠지만, 좋았던 추억만 가지고 가요."

한 사무장님의 말에 기다리기로 했죠. 기억이 미화되어 좋은 이야기를 적을 수 있을 때까지. 공항 면발치에서 보이는 단정된 외모, 또각또각 소리 내는 구두 그리고 부드럽게 움직이는 캐리어가 누구에게나 아름답게 비춰질 거라 생각해요. 하지만 제 승무원 생활은 멀리서 보면 천직인 거 같은데, 가까이서 보면 투쟁기였어요.

이 책에는 다양한 상황에 도전하고 적응하는 이야기가 이어져요. 그리고 그 과정에서 끊임없이 넘어지고 부딪히고 다치죠. 그 가운데 느꼈던 감정 또한 고스란히 담았어요. 이어 〈성공과 실패를 넘나드는 너에게〉를 통해 과거의 나와 독자에게 질문을 던져요. 그냥 툭툭 털고 일어나면 되는데, 과연 이렇게 힘들어할 일인가 되묻는 거죠. 그러다 잘한 일이 있으면, 자신감 넘치는 모습을 보이며 당신도 할 수 있다고 외치기도 해요.

누군가는 저를 보고 '나 같은 사람이 또 있구나.' 하며 공감하고 위로받을 수 있을 것 같아요. 어느 누군가는 '내가 더 낫네.' 하며 위안 삼을 수도 있을 것 같고요. 또 누군가는 '저자 애썼네.' 하며 앞으로 꽃길을 걷길 응원할 수도 있을 거 같아요. 어쩌면 누군가는 저를 반면교사 삼아 교훈을 얻고 보탬이 될 수도 있을 테죠. 또 누군가는 자신의 실수를 뒤돌아보며 반성할 수도 있을 거예요.

어찌 보면 별것 아닌 일상을 담은 뻔한 에세이일지도 모르겠어요. 하지만 뻔하기에 공감되고, 일상이기에 당신의 얘기가 되는 게 아닐까요? 우리는 사소한 것에 상처받고, 작은 실패에 아파하니까요. 그래서 부탁하고 싶어요. 이 책을 읽으면서 저와 함께 넘어져 줄래요? 같이 아파하고 때로는 기뻐하며, 언제 그랬냐는 듯 툭툭 털고 일어나요. 툭툭 털 때, 이 책에 남김없이 던져두고 일어나는 거 잊지 말고요! 그래서 이 책의 끝에, 힘든 일은 잊고 좋았던 기억만 가지고 가는 거예요.

※일러두기

책에 등장하는 이름은 모두 가명입니다.

목차

## PART 1.
## 합격률 100:1, 도전하겠습니다!

PART 2.

## 다사다난한 직장 생활, 살아남겠습니다! 

PART 3.

## 새로운 삶을 찾아, 다시 이륙하겠습니다!

PART 1.

# 합격률 100:1, 도전하겠습니다!

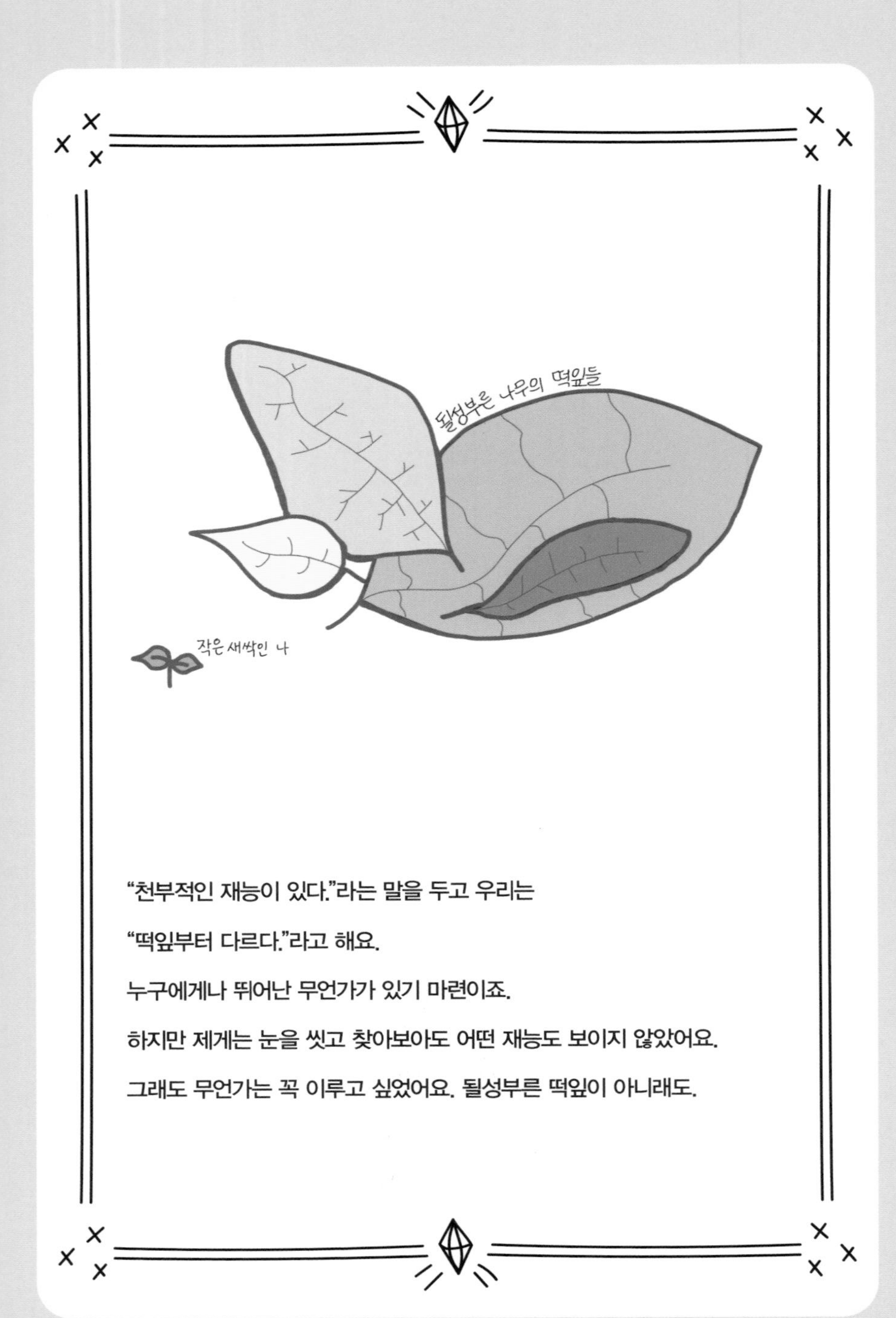


"천부적인 재능이 있다."라는 말을 두고 우리는

"떡잎부터 다르다."라고 해요.

누구에게나 뛰어난 무언가가 있기 마련이죠.

하지만 제게는 눈을 씻고 찾아보아도 어떤 재능도 보이지 않았어요.

그래도 무언가는 꼭 이루고 싶었어요. 될성부른 떡잎이 아니래도.

## 반대를 무릅쓰고
## 일단 도전하기

"첫사랑은 이루어지지 않는다."
"꿈은 이루어진다."

엄연히 다른 두 문장이 왜 비슷하게 느껴질까? 내게는 어릴 적 가슴 뜨겁게 간직했던 꿈이 있었다. 꿈도 첫사랑 같은 걸까? 처음으로 간절히 바랐던 꿈은 이루어지지 않았다.

"꿈을 꿔라!"
"자기가 하고 싶은 일을 찾아라!"

숱하게 강조하면서도, 막상 꿈을 꾸고 무언가를 하고 싶다고 하면 응원받기 어려운 게 현실이었다. 이때 포인트는 본인이 경험해 본 적도 없으면서 다 안다는 듯 알은체하는 거다. 그 길은 타고난 재능이 없으면 성공하기 힘들다고 지레 겁을 주며 포기가 빠른 사람으로 만드는 거다.

"종이에 장래 희망을 적어볼까요?"

이는 분명 내게만 해당하는 건 아니었다. 초등학생 때 장래 희망을 말하면, 모두 똑같은 직업을 이야기했으니까. 마치 정해진 답변이 있는 것처럼. 그러나 불변의 답은 시험지에만 있지 않았다. 우리의 인생도 세상이 마련해 놓은 답안지에 따라, 같은 답을 선택하고 있었다. 사실 초등학교가 가장 처음이 아니었을지도 모른다. 돌잔치 때, 부모님은 우리의 손에 어떤 걸 쥐었으면 좋겠다는 희망 사항이 정해져 있었으니까. 남들보다 조금 이르게 말을 떼거나 걸음마를 떼면, 느낌표를 띄우고는 자기 자식이 혹시 영재가 아닐까 하는 희망에 빠졌으니까. 어쩌면 배 속에 있을 때부터 우리의 미래가 정해져 있었는지도 모를 노릇이다. 그래서인지 내게 정해진 '장래 희망'이라는 단어는 중학생, 고등학생이 되면서도 크게 변하지 않았다.

"민정아, 너 나중에 무슨 일 할 거야?"
"몰라. 나 하고 싶은 게 없어. 지현이 너는?"

"나도. 그래도 좋은 대학 가면 취업 잘할 수 있대."

"좋은 대학은 뭐고, 취업을 잘하는 건 뭐야?"

"그런 건 나도 잘 모르겠고. 대학은 서울대, 직업은 의사가 최고 아니야?"

학창 시절, 친구들과 한숨을 푹푹 쉬며 고민을 털어놓곤 했다. 이때까지만 해도 의무적으로 내뱉는 '꿈'이라는 단어는 '의사'였다. 그러다 고등학생 때, 학교 동아리 활동으로 연극부를 선택하면서 연기자의 꿈을 꾸었다. 첫사랑이 되어 버린 꿈. 하지만 내게는 부모님이라는 복병이 있었다.

"지현아, 네가 무슨 연기야?"

"나중에 대학 가면 동아리 활동으로 다 있어. 지금은 공부나 열심히 해."

단순히 연예인에 대한 동경에 빠졌다고 생각했는지 연기를 향한 꿈을 만류했다. 하지만 연기를 하고 싶은 마음은 결코 가볍지 않았고, 결국 한 오디션에 홀로 찾아갔다. 오디션을 보게 된 첫 번째 이유는 연기자로서 자질이 있는지 확인하고 싶었다. 두 번째는 합격하면 부모님의 응원을 받을 수 있을 거란 막연한 기대 때문이었다. 혼자 대중교통을 타고 멀리 가보긴 처음이었지만, 길을 잃을까 봐 무섭진 않았다. 첫사랑 근처에도 가보지 못할까 봐, 그게 두려웠다.

미성년자는 부모님의 동의 없이 할 수 있는 게 많지 않다. 이는 오디션에서도 마찬가지였다. 합격했는데 부모님을 설득하지 못하면 물거품이 되니까. 합격하면 응원해 주길 바랐던 내 마음과 부모님의 마음은 달랐다. 합격 소식은 부모님의 마음을 단 한 발자국도 움직이지 못했으니까. 결국 연습생으로의 활동도, 연극영화과 진학도 허가받지 못하는 시나리오로 전락했다. 그렇게 꿈과의 첫사랑은 이뤄지지 못했다. 사실 알고 있었다. 오디션에 합격해도 온갖 이유를 가져와 만류할 것이란 걸. 그래도 이대로 포기한다면 평생 후회로 남을 것 같아 오디션을 본 것이었다. 비록 꿈은 이룰 수 없었지만, 후회는 남지 않았고 연기를 향한 마음이 장난이 아니었다는 걸 증명한 셈이었다. 합격증을 받아냈으니 하고 싶다면 언제든 전선에 뛰어들 수 있다는 희망이 생겼고 공부만 할 때는 몰랐던 불타는 열정이 내게도 있었다는 걸 알게 된 순간이었다.

〈성공과 실패를 넘나드는 너에게〉

당신에게는 어떤 꿈이 있었나요? 벽에 부딪혔나요? 그래도 도전했나요?

만약 하지 못했다면, 지금이라도 시도해 보세요.

실패해도 후회는 없을 거라고 장담하죠!

## 하늘이 무너져도
## 솟아날 구멍 찾기

부모님의 지지가 없어서 꿈을 이루지 못한다니…. 슬픔에 젖어 하루하루 살아갔다. 수능을 준비하던 해, 드라마 〈상속자들〉을 시청하며 비애가 최고조에 이르렀다. 상실감을 안고 공부가 잘될 턱이 있나. 수능을 국수 말아 먹듯 보기 좋게 말아 먹고 수험표를 멍하니 응시했다. 누군가는 고생한 보람을 느끼며 두 발 뻗고 자고, 누군가는 자랑스레 수험표 할인받으며 놀러 다녔다. 하지만 나는 깊었던 슬픔만큼이나 깊은 고민에 빠져야 했다. 앞으로 다가올 장래에 대해.

"눈 감아 봐. 뭐가 보여?"
"캄캄해."
"맞아. 그게 네 미래야."

친구들끼리 장난으로 하던 이야기가 딱 내 앞날이 되어버렸다. 이 성적으로 대학에 가면 찬란한 미래가 펼쳐질 리 없었다. 캄캄한 미래를 맞이하느니 재수할까 상상했다.

'1년 더 공부한다고 서연고, 서성한에 입학할 수 있을까?'

'과연 친구들이 노는 꼴을 지켜보며 공부에 집중할 수 있을까?'

수많은 물음표를 꺼내어 계산기를 두드려도 긍정적인 대답이 도출되지 않았다. 그래서 부모님한테 성적에 맞춰 대학에 가겠노라! 말할 마음의 준비를 했다. 목을 가다듬으며 어렵사리 입을 여는데, 고민이 무색하게도 부모님은 이미 어느 대학을 보낼지 머리를 맞대고 치열한 논쟁을 펼치고 있었다.

'취업을 잘할 수 있는 학과에 입학할 것인가.'

'점수에 맞춰 갈 수 있는 곳 중에서 가장 좋은 대학을 갈 것인가.'

나는 원하는 꿈도, 좋은 대학도 모두 얻지 못했으니 취업만큼은 잘하고 싶었다. 그럼 선택지는 하나! 취업이 잘되는 방향으로 대학을 선택했고, 그곳은 바로 '항공과'였다.

연극영화과에 진학하려면 연기 시험을 봐야 하고 실용음악과에 가려면 노래 시험을 봐야 하듯, 항공과의 벽을 뚫기 위해서는 면접을 봐야 한다. 그런 항공과를 선택한 이유는 키가 남들보다 크다는 것 하나 때문이었다. 성인이 되어서도 키가 자라서 지금은 175cm이지만, 당시에는 170cm인 덕에 면접에서 긍정적으로 작용할 거라 간주했다. 하지만 문제는 몸무게에 있었다.

"고3은 엉덩이 싸움이다."
"누가 더 궁둥이를 오래 붙이고 있느냐에 따라 대학이 나뉜다."

이와 같은 속설 때문에, 공부를 못해도 궁둥이를 늘 의자에 붙이고 있었다. 그래서 남산만큼 커진 엉덩이가 가장 큰 문제였다. 수박만 한 엉덩이를 참외로 만들어야 했다. 코끼리처럼 다리가 두꺼워서 생긴 '도끼리'라는 별명에서 벗어나야 한다는 임무 또한 주어졌다.

공항을 오가며 본 승무원을 떠올리면 체중 감량이 필수라는 사실은 누가 알려주지 않아도 알았다. 다이어트를 하지 않겠다는 건 돼지와 견줄만한 몸을 면접관들에게 내보이겠다는 의미였으니까. 이대로라면 면접에서 떨어지기 딱 좋으니 무조건 살을 빼야 했다. 살 빼려면 답은 하나다. 안 먹고 많이 움직이기! 몸에 덕지덕지 붙은 지방을 없애려고 헬스장에서 3시간씩 운동하다 잠들기도 하고, 사과 하나만 먹으며 하루를 버티기도 했다. 짧은 기간이었지만 극단적인 다이어트 덕분에 53kg으로 면접장에 도착할 수 있었다.

하늘이 무너졌다고 생각했다. 꿈도 이루지 못했고 수능은 망쳤으며 70kg의 거구였다. 앞으로 펼쳐지는 미래는 추적추적 비 내리는 날처럼 우울하기만 할 것이라고 예단했다. 19년간 들어온 대입의 중요성을 실감하며, 이제 내 인생은 망했다고 탄식했다. 하지만 무너진 하늘에 한 줄기의 빛이 보였다. 취업을 통해 재도약할 수 있도록 이끄는 빛.

<성공과 실패를 넘나드는 너에게>

인생이 망했다고 생각한 적이 있나요?

이제는 뭘 해도 안 될 거라고 포기하는 건 아니겠죠?

일단 재도약할 방법을 찾아보세요!

해보지도 않고 안 된다는 걸 어떻게 알죠?

## 처음은 원래
## 어렵다는 것을 잊지 말기

외적인 문제는 체중뿐만이 아니었다. 화장을 할 줄 모르는 것도 큰 문제였다. 화장이라곤 컴퓨터용 사인펜으로 그려본 아이라인이 전부였으니까. 그래서 조금 먼저 어른이 된 언니가 얼굴을 손봐주었고 발에 맞지도 않는 엄마의 빼딱구두를 신으며 가족의 서포트를 받았다.

면접장에서는 학원 차량을 타고 풀 메이크업을 받은 채 등장한 학생들이 있었다. 입시학원 중에 항공과에 입학시키기 위한 곳도 실재하다니! 탄탄하게 준비된 입시생들을 보니 누구보다 키가 큰 내가 가장 작은 사람이 된 것 같았다. 면접관이 아닌 내 눈으로 봐도 학원에 다닌 사람과 다니지 않은 사람의 차이가 틀림없이 구별되었으니까. 면접 직전, 완벽히 세팅된 그들을 보고 자신감이 쏙 빠졌다. 면접에서 연습했던 질문을 받았지만, 입을 어버버 거리고 땀을 삐질삐질 흘렸다. 그리고 움츠러든 모습을 고스란히 드러내며 집중하지 못하고 잡념만 하염없이 늘어놓았다.

'연습이 부족했던 걸까?'

'왜 면접 갈피를 잡지 못했을까?'

'살을 뺄 게 아니라 학원에 다녔어야 했던 걸까?'

"잘 대답했어?" 문을 열고 나오자 반짝이는 눈으로 쳐다보는 가족들.

"잘 모르겠어." 애써 미소를 지어 보이며 잘 모르겠다고 대답하는 나.

"잘 봤겠지 뭐. 고생했어. 이제 맛있는 거 먹으러 가자." 어깨를 토닥이며 면접을 위해 굶주린 나를 염려하는 한마디.

나를 면접장에 데려다 놓은 건 내가 아니었다. 아빠의 편안한 차에 몸을 싣고, 엄마의 따뜻한 밥을 먹으며 19년간 자식을 위해 인생을 헌신했던 부모님이었다. 사실 항공과를 선택할 수 있었던 것도 부모님의 좋은 유전자를 물려받은 덕분이었다. 그런데 부모님이 누릴 수 있는 걸 포기한 결과가 고작 면접을 잘 봤는지 모르겠다는 대답이라니. 눈시울이 붉어졌다. 집에 돌아와 각오를 다지며 다음 면접을 준비했다. 인간은 적응하는 동물이라고 했던가. 몇 학교를 돌아다니다 보니 대략 예상 질문이 보였다. 덕분에 붕어처럼 입만 뻐금거리지 않고 답변다운 답변을 할 수 있었다.

면접 결과를 확인할 때면 꼭 수능 등급을 확인하던 순간처럼 떨렸다. 면접은 시험지와 답안지가 없어서 맞았는지 틀렸는지도 모르니까 더 긴장되었다. 결과를 확인하기 위해 버튼을 누르기 전, 심호흡하면서도 오만 가지 생각으로 복잡스러웠다.

들숨에 '만약 여기서도 합격이라는 단어를 보지 못하면 어떡하지?'

날숨에 '재수하게 되면 또 감옥에 있는 것처럼 학원에 갇혀 있어야 하는 거겠지?'

무엇을 상상하든 고개만 좌우로 흔들 뿐이었다.

결국 몇 군데에서 합격이라는 글자를 확인했지만 기쁘진 않았다. 그저 최소한의 할 일을 다 했다는 안도감과 감옥에 다시 들어갈 일은 없겠다는 안심, 딱 그뿐이었다. 부모님한테 자랑할 수도 없었다. 애초에 자랑할 거리도 아니었을뿐더러, 나처럼 부모님도 기뻐할 일은 아니라고 생각했으니까.

입학을 결정한 대학교는 고만고만한 것들 사이에서 가장 좋은 곳이었다. 그리고 항공과도 아니었다. 호텔, 항공, 관광을 통합해 가르치는 학과였다. 여러 분야를 가르치니까 취업 선택권이 넓어질 거라는 판단으로 선택한 곳이었다. 또한 항공과는 항공사 외에 다른 회사에 취업하기 어렵지 않을까 하는 우려가 있었기 때문이었다. 그런데 막상 입학해 보니 항공사에 대한 강의 시간은 극히 적었다. 각 분야와 어학 강의까지 모두 가르쳐야 하니, 어떤 것도 깊게 배울 수 없는 커리큘럼이었다. 문득 이런 생각이 들었다. 이 학교 졸업하면 승무원 될 수 있는 거 맞아…? 그래도 어떡해! 이미 선택했는데!

〈성공과 실패를 넘나드는 너에게〉

처음 하는 무언가를 잘할 거라고 기대한 적 있나요?

못 하는 게 당연한 거 아닌가요? 자신감이 없는 것도 당연해요!

그러니 실패해도 나약해지지 마세요.

당신 곁에 성공한 누군가도 처음을 겪고 이룬 거니까요.

## 인정받지 못한다면
## 당당하게 증명하기

스물한 살 때, 교제하던 남자친구가 입대했다. 군대에 보내기 싫어서 눈물로 범벅이 되었지만, 어쩔 수 없이 작별을 고했다. 군대에 간 그를 보기 힘든 건 나뿐만이 아니었다. 그의 부모님도 아들이 건강하게 군 복무를 하고 있는지 궁금할 터. 이 까닭에 우리는 몇 번 함께 만났다. 남자친구는 나를 한없는 사랑으로 대했으나, 그의 부모님은 내게 벽을 두고 대하는 것이 느껴질 정도로 차가웠다. 특히 어머니는 나를 '학생'이라고 부르며 한 번도 이름을 불러주지 않았다. 급기야 그의 할머니가 어머니에게 이름을 부르지 않는 이유를 물었다. 내게는 차가운 얼음덩어리였지만, 할머니에게는 따뜻하게 대하던 어머니는 이 질문에 대한 대답만큼은 굳은 표정으로 이야기했다.

"이름을 불러야지. 왜 자꾸 '학생'이라고 하냐?"

"학생이니까 학생이라고 하지. 반드시 '학생'이라고 해야 해."

첫 만남 때 별다른 언행이 없던 그의 아버지는 두 번째 만남에서 속마음을 내비쳤다. 그 속마음은 고작 스물한 살인 내게 어떻게 취업할 거냐는 질문으로 드러났다. 아직 생각해 본 적이 없다는 대답에 아직도 대답을 못하면 어떻게 하느냐는 질문이 도돌이표처럼 돌아왔다. 내가 상위권 대학에 다니지 않고, 전망이 뚜렷해 보이지 않아 성에 차지 않는 모양이었다. 아직 학생 신분이었지만, 이런 차디찬 현실이 정신을 번쩍 들게 했다.

사실 남자친구의 부모님만이 내 가슴을 후빈 건 아니었다. 어떤 인생이든 누구에게나 똑같이 주어지는 큰 산이 몇 차례 있다. 대입, 취업, 결혼 그리고 육아. 이중 처음 맞이한 수능이란 산에서 잘 넘어가지 못했다는 변함없는 사실이 나를 끊임없이 괴롭혔다. 어디를 가나 묻는 대학 이름은 질문이 거듭될수록 초라하게 했으니까. 기어가는 개미 목소리로 대답하는 나와 대학 명칭에 따라 달라지는 사람들의 태도. 대놓고 무시당한 적도 있으니 자격지심 때문만은 아니었다.

부모님 그늘 밑에서, 놀이터의 고무 매트 위에서 충격받을 일 없이 보호받으니 몰랐다. 시원한 그늘막을 벗어나면 뙤약볕이 기다리고,

모래사장에서 넘어지면 평생 남는 상처가 생길 줄은. 한 움큼의 후회가 마음 전체를 뒤흔들게 될 줄은. 대학의 이름이 꼬리표가 되어 따라다닌다는 것을 알았지만, 어느 날은 내 이름보다 앞설 정도로 중요할 줄은 몰랐다. 더는 이렇게 살고 싶지 않았다. 남자친구와 그의 부모님 그리고 우리 가족, 친구들에게 부끄럽지 않은 사람이 되고 싶었다. 그리고 나조차도 어디를 가서 누구를 만나든 당당하게 무슨 일을 하는 사람인지 밝힐 수 있는 사람이 되고 싶었다. 대학 꼬리표는 바꾸지 못했지만, 취업 꼬리표는 앞으로의 내게 달려 있었다. 그렇게 '자랑스러운 사람이 되어 내 이름을 부르게 할 테야!'라는 결심이 섰다.

〈성공과 실패를 넘나드는 너에게〉

당신도 차가운 현실에 상처받은 적이 있나요?

차가운 곳에서 벗어나려면 어떻게 해야 할까요?

따뜻해지기만을 바라지 말고, 당신이 따뜻한 곳으로 이동해야 해요!

찾아봐요, 그 방법!

## 지치지 않을 열정 찾기

'지금 내가 가진 재료들로 돈을 가장 많이 벌 수 있는 직업이 뭐가 있을까?' 현실적으로 생각했을 때, 앞으로 굴러도 뒤로 굴러도 승무원이 제일 가능성이 높았다. 그래서 스물두 살을 맞이했을 때, 한창 놀고 있는 친구들을 뒤로하고 취업 준비를 시작했다. 남자친구도 군대에 있으니 나를 방해할 것은 아무것도 없었다. 취업에 실패하더라도 아직 어리니까 괜찮다는 마인드 또한 없었다. 무조건, 반드시, 결코 결과물을 가져와야 한다는 의지만이 숨 쉬고 있었다.

승무원을 최종 목표로 삼았지만, 만일을 대비해 제2의 직업도 준비하기로 했다. 이때는 전공을 따르는 것만큼 빨리 취직할 방법도 없다고 생각했다. 적성에 맞지 않아 이직하는 한이 있더라도 우선 취업이 제1목표였다. 그러려면 학교에서 배운 항공, 호텔, 관광 중에서 제2의 직업을 찾아야 했다. 다행히 학교 실습으로 호텔에서 근무할 때, 호텔은 내 성향과 맞지 않다는 걸 진작 확인할 수 있었다. 1순위는 승무원이니 2순위는 자동으로 여행사가 되는 건가 고민하던 찰나, 운 좋게 여행사에서 인턴으로 근무할 기회가 생겼다. 취업하기 이전에 내 성향과 여행사가 맞는지 파악할 절호의 기회였다. 게다가 경력도 쌓고 돈까지 벌 수 있는 일석삼조의 기회를 놓칠 이유가 없었다.

'사무직? 의자에 가만히 못 앉아 있으면 어쩌지?' 일할 부서가 결정되자 가장 먼저 든 걱정이었다. 한곳에 가만히 있지 못하고 엉덩이가 들썩거리는 스타일이라 몹시 불안했는데 의외로 잘 맞았다. 매일 출근과 동시에 오늘 할 일을 노트에 쫘르르 적었는데, 게임 퀘스트를 깨는 것 같아 일에 흥미를 느꼈다. 하나씩 미션을 처리할 때마다 긋는 빨간 줄은 일에 재미를 붙여주기도 했다. 일손이 빨라 추후 채용 공고가 뜨면 지원하라는 제의도 받았으니, 여행사 업무가 성향과 맞지 않다고 볼 수 없었다.

어느새 회사에 적응하고 여유가 생기니 그다음 스텝을 밟기로 했다. 우선 학점을 망쳐놓은 터라 이것부터 바로 잡아야 했다. 자못 높은 성적이 아니면 회복 불가능해서 눈앞이 까마득했다. 더욱이 학교와 회사를 병행하면서 성적까지 챙긴다는 것은 굉장한 하드코어였다. 하지만 내게 소중한 사람들의 얼굴을 한 명씩 떠올리며 학점 향상에 집중했다. 멀티태스킹은 못하더라도 시간을 쪼개어 남김없이 24시간을 불태우겠다는 각오로 임했다. 과제도 완벽주의자답게 수행하고 수업도 열성적으로 참여했다. 이런 노력이 교수님들의 눈에 들어왔는지 나중에는 칭찬 일색이기도 했지만, 가장 기억에 남는 사건이 하나 있다.

"교수님, 저 만점인 거 같아요."
"응? 아니야. 너 첫 문제부터 틀렸어."
"네? 이게 왜요?"
"이거 い야. り가 아니고."

일본어 시험을 치른 후, 시험지를 제출할 때였다. 씩 웃으며 채점도 하기 전에 만점을 외쳤는데 첫 문제부터 틀렸다니…. 이 사실을 들었을 때의 충격은 뒤통수를 맞은 양 배신감이 너무 컸다. 일본어는 발음이 다양하고 유사한 것이 많아 헷갈리기 쉬운데, 하필 틀리게 받아 적은 것으로 외운 탓이었다. 하… 이 돌대가리로 어떻게 외운 건데!!! 밑바닥까지 내려갔던 학점을 아주 높게 끌어올리기에는 무리가 있었지만, 성적 장학금을 3번 연속 받으면서 이력서에 적을 한 줄을 만들어냈다. 회사, 학교, 공부까지. 고3 때보다 훨씬 열심히 살았다고 자부할 수 있는 기간이었다.

방학 때는 중국어 자격증을 취득하기로 했다. 승무원은 외국인을 상대할 일이 많으니 제2외국어 자격증이 있다면 합격률이 높아질 것이기 때문이었다. 혹여 승무원이 되지 못하더라도, 여행사든 여타 회사든 취업에 도움이 될 것은 명확했다. 다양한 언어 중에서 중국어를 선택한 이유는 시험 일정이 한 달에 한 번꼴로 있어서였다. 첫 시험에서 낙제하더라도 두 달이면 두 번을 볼 수 있으니 결코 기회가 적다고 볼 수 없었다. 그리고 타 언어랑 비교했을 때, 책이나 강의 등 배울 수 있는 환경이 잘 조성되어 있어서 접근하기 용이했다.

낮은 급수이니 독학으로 책 한 권을 완벽하게 독파하기로 했다. 작은 단어장이 하나 딸린 책이었는데, 두 번 다시 외울 필요 없는 건 검은 사인펜으로 지워가며 씹어 먹다시피 암기했다. 그렇게 성적 장학금에 이어 한 달 만에 자격증을 취득하는 데 성공했고, 왠지 무엇이든 할 수 있을 것 같다는 자신감이 생겼다.

바로 토익과 토스 공부를 시작했지만, 누군가 시켜서 강제로 하는 것처럼 도저히 의욕이 생기지 않았다. 평생 공부한 영어인데, 평생 어려운 영어이기 때문이었을까. 앞서 두 차례의 성공 사례가 있었음에도 영어는 좀처럼 자신감이 떨어졌다. 학원도 모두 다녔지만, 높아져만 가는 학원비와 다르게 점수는 급격한 상승 곡선을 그리지 못했다.

그래서 영어 점수를 높이기 위해 시간을 낭비하기보다 중국어 자격증에 조금 기대기로 했다.

'고득점자이지만 영어 점수만 있는 지원자 vs 영어 점수가 조금 낮아도 중국어 자격증을 겸한 자'

이중 후자가 '취업 시장에서 더 경쟁력 있지 않을까?' 하는 합리화와 손을 잡고 타협했다. 게다가 항공사의 지원 조건보다는 제법 높은 점수였으니 이 정도 선에서 정리해도 괜찮을 거라 예단했다.

아직 스물두 살! 하나씩 쌓여가는 경력과 이력 사항을 보며 내심 뿌듯했지만, 마음 한쪽에 자리하고 있는 불안함은 사라지지 않았다. 항공과에 입학하기 위해 가장 중요한 것은 성적이 아니라 면접이었듯, 항공사에 입사하기 위해 가장 중요한 것은 스펙이 아니라 면접일 테니까. 이제부터는 스펙 쌓기보다 더 중요한 면접을 준비해야 하는 시기가 왔다고 생각했다. 다시 새로운 준비가 시작된 것이다.

〈성공과 실패를 넘나드는 너에게〉

당신에게도 힘든 일정에도 지치지 않을 열정을 불러일으켰던

무언가가 있나요? 있었다면 어느 정도의 열정이었나요?

없었다면 간절히 원하지 않았던 건 아닐까요?

당신을 불태울 열정의 근원지를 찾아 떠나보세요!

어디까지 불태울 수 있는지 궁금하지 않나요?

## 가끔은 포기로
## 성공에 가까워지기

아이돌의 사진이나 영상을 보면, 마르다 못해 뼈만 보이는 걸 자주 볼 수 있다. 건강을 해칠 것 같은 가냘픈 몸이 당연시되고, 살 빠져서 예쁘다는 평도 심심치 않게 들린다. 소속사에서 다이어트를 요구하기도 하지만, 악성 댓글에서 벗어나기 위해 자진해서 살을 빼기도 한다. 더러는 인기를 더 얻고 싶은 욕심에 진행하기도 한다.

아이돌에게 오디션과 평가제가 있다면, 승무원이 되기 위해서는 면접이라는 일생일대의 순간이 있다. 그래서 대입 때와 마찬가지로 체중 감량을 해야 했다. 이때 키는 173cm에 몸무게는 57kg이었다. 키에 비해 체중이 많이 나가지는 않았지만, 눈대중으로는 체격이 있어 보여서 다이어트는 필수였다. 면접을 볼 때, 전형적으로 키가 비슷한 사람들끼리 모아놓아서 두 눈을 뜨고 있는 한 자연스럽게 비교할 수

밖에 없는 시스템이었기 때문이다. 이력서를 제출할 때, 키와 몸무게를 작성하고 면접장에서 측정까지 하니 눈에 보이는 숫자가 중요하기도 했다. 몇몇 회사는 당사 유니폼이 어울리는지 확인하기 위해 유니폼을 입고 면접을 보는데, 똑같은 유니폼을 입고 서 있으면 더 단점이 두드러질 게 분명했다. 이런 상황을 빤히 알면서도 비교당하는 길을 택할 수는 없었다.

아이돌의 숙명이란 이런 것일까? 지금 내 모습은 소속사에서 두둑한 살집 때문에 데뷔시켜주지 않는 것일까 봐 지레 살을 빼는 격이었다. 옆에 있는 연습생 친구가 너무 마른 탓에 비교되어 데뷔 조에서 떨어질까 봐 걱정하는 격이었고, 연습생 시간이 더 길어질까 봐 초조해하는 격이었다. 누군가 내게 왜 사냐고 물어보면, 먹기 위해 산다고 말한다. 그런데 음식을 향한 애정이 승무원을 향한 간절함으로 옮겨 가면서 다이어트는 더 이상 고난이 아니었다. 대학 입시 때처럼 하루에 사과 한 개를 먹고, 그토록 싫어하는 아이스 아메리카노로 배를 채우면서도 힘들지 않았다. 이런 나를 보며 아이돌도 못 먹는 게 그다지 괴롭지 않을 수도 있겠다고 생각했다.

'긍정적인 결과를 볼 수만 있다면….'

'노력한 만큼의 보상이 돌아온다면….'

이런 미래지향적 상상이 고통을 상쇄시켰으니까.

마인드는 제어할 수 있어도, 꼬르륵 소리는 스피커 음향 조절하듯 컨트롤할 수 없지 않던가. 그래서 헛헛함을 느낄 새도 없이 바삐 시간을 보내려고 스케줄을 꽉 채워 하루를 보냈다. 조금이라도 시간이 생기면 식욕이 고개를 들 거 같았기 때문이다. 식욕에 이성이 잡아먹히면 식당으로 달려가 밥을 우걱우걱 먹을지도 모르니까!

"키가 이렇게 큰데 어떻게 이게 안 맞을 수가 있지…?"

면접 복장을 사러 갔을 때, 그동안의 노력을 보상받는 기분이었다. 입어보라고 준 옷들이 전부 커서 매장 점원이 놀람을 금치 못했기 때문이었다. 부지런히 독한 다이어트를 해온 덕에 52kg까지 체중이 줄었으니, 삐쩍 마른 몸으로 55, 66치수가 맞는 게 비정상이었을 터. 치마는 허리 위로 고정되지 못하고 휙휙 돌아다니기까지 했다. 몸무게는 줄었지만, 자신감은 상승했다. 몸의 사이즈는 줄었지만, 심적 안정감은 높아졌다.

〈성공과 실패를 넘나드는 너에게〉

두 마리의 토끼를 한 번에 잡는 건 너무 어려워요.

하나를 포기해야 한다면,

현명하게 선택해서 성공에 가까워지는 쪽이 좋겠죠?

당신이 포기할 것은 무엇인가요?

깨끗하게 포기해 주세요! 더 멋진 내일의 나를 위해!

## 불안 대신
## 자신감 씨앗 심기

스펙 준비에 몸과 시간을 태운 뒤에는 본격적으로 면접 준비에 돌입했다. 그 전에, 대입 면접을 회상해 보니 학원에 다닌 사람과 그렇지 않은 내가 명백하게 구별됐던 게 떠올랐다. 이번에는 학교가 아니라 회사다. 차이는 더욱 극명하게 드러날 게 뻔했다. 아무리 면접 준비를 열심히 해도 괜히 의기소침해지는 모습이 그려졌다. 늘 부모님의 돈으로 아무 걱정 없이 학원을 등록했지만, 결론은 실망만 안겨주고 끝났다. 최선을 다하고 있지만 열심이 결과를 보장해 주진 않으니, 이번에는 내 힘으로 헤쳐 나가고 싶었다. 학생이 무슨 돈이 있겠나. 통장잔고가 넉넉지 않았지만 값비싼 승무원 학원에 등록했다. 여행사에서 인턴으로 일하며 벌어들인 수익과 학교 장학금 일부를 합해 손을 벌벌 떨며 내민 학원비였다. 반드시 합격해야 한다는 생각이었기에, 떨어지게 된다면 불합격의 이유를 학원에서 찾고 싶지 않아서였다. 학원에 다니지 않은 걸 후회하지 말고, 떨어질 수 있는 핑계를 남김없이 제거하려 했다.

승무원 학원에는 다양한 수업이 있었는데, 내게 필요한 것과 부족한 것을 알기 위해 모든 수업에 참여했다. 참여도가 높아 선생님들에게 얼굴도장을 자주 찍으면, 나를 향한 관심도 커질 테고 합격의 문도 활짝 열릴 거라는 막연한 소망도 있었다. 전직 승무원인 선생님 중 한 분을 콕 집어 롤모델로 삼기도 했다. '나도 꼭 저 선생님처럼 되어야지!' 힘찬 다짐과 함께 선생님의 모든 행동을 따라 했다. 나긋나긋한 말투, 밝지만 차분한 목소리, 우아한 제스처, 온화한 표정 등. 상상했던 승무원 그 자체였다. 선생님처럼 행동하다 보면 몸에 배어 면접 때도 자연스레 발산될 것이라 기대했다.

항공사는 전 세계에 널려 있지만, 나는 우리나라 국적기를 운항하는 곳으로 입사하고 싶었다. 그런데 학원에 있는 수업만으로는 면접 준비가 부족했다. 외항사 수업이나 여타 필요하지 않은 수업을 제외하면 나한테 필요한 수업은 하루에 한두 개뿐이었다. 그래서 연습량을 채우기 위해 승무원 준비생들이 모인 인터넷 카페에서 스터디를 따로 모집했다. 아침 10시부터 저녁 7시까지 강남역의 스터디룸을 모조리 예약했다. 목소리가 회사에 닿도록 간절하게 연습했고, 연습량이 많아질수록 여유도 생겼다.

스터디에 오는 사람 중에 나처럼 매일 아침부터 저녁까지 자리를 지키는 사람은 없었다. '다들 나만큼 절실하지 않은 건가?'라는 생각이 스쳐 지나갈 때쯤, 90%의 항공사들이 채용 공고를 냈다. 스물셋 여름, 취업과 승무원에 대한 열정이 뜨거운 태양처럼 강렬하게 불타던 시절이었다. 이번에 반드시 취업하겠다는 의지가 있었음에도 모든 항공사에 지원하지는 않았다. 그간 열심히 준비했으니 어디에 지원해도 잘할 수 있을 거란 자신감이 붙었기 때문인지, 아직 어린 나이가 방패가 되었던 건지, 전부 넣으면 이도 저도 안 될 것이라는 생각 때문인지, 여러 이유로 한 기업에 집중하기로 했다. 회사에 맞춰 살아가기보다 서로 어울릴 수 있는 곳을 모색하자는 생각으로.

'이만큼 준비했으면 어딜 넣든 척척 다 붙을 거야!'
'만약 지금 합격하지 않더라도, 아직은 학생이니까 괜찮아!'
'이번에 떨어지면 내년부터는 회사를 가리지 말고 전부 다 넣자!'
이렇게 스스로를 다독이며 최선을 다해 면접 준비를 이어갔다.

〈성공과 실패를 넘나드는 너에게〉

당신이 두려움 없이 덤벼들 수 있었던 건 무엇이었나요?

자신이 없다면 가슴에 손을 얹고 대답해 보세요.

정말 최선을 다했는지, 부족하진 않았는지.

문득 〈시크릿가든〉의 현빈 대사가 떠오르네요! "최선입니까? 확실해요?"

## 100번 중 100번
## 정성을 다하기

'500자 이내' 서류의 첫 번째 관문은 어느 회사나 그렇듯 자기소개서였다. 지금은 책을 집필하고 있지만, 이때는 글쓰기와 거리가 먼 사람이었다. 글이라곤 문자 메시지가 전부였으니 말 다 하지 않았는가. '뭐해?'를 '모해'라고 맞춤법, 띄어쓰기, 물음표까지 싹 다 무시한 채 보내는 게 일상이었다. 이런 사람이 책을 출판한다니! 세종대왕이 보면 코웃음 칠지도 모를 일이다.

'저는….' 이력서 문항을 볼 때마다 단 두 자만 채우고 깜빡이는 커서와 씨름했다. 하얀 종이에 나를 뽑아야 하는 이유를 명확하고 독특하게 적어야 한다니…. 괜히 자소설 자소설 하는 게 아니군! 몸소 체감하던 때였다. 옮길 수 없는 바위를 들어 올리듯, 힘겹게 500자를 채웠다. 글자 수 세기에 적힌 496자를 보며 뿌듯한 미소를 지었다. 아무

말 대잔치를 잔뜩 쓴지도 모르고 말이다. 아빠에게 합격증을 보이듯 자랑스레 자소설, 아니 자기소개서를 보여주었다.

“이건 아닌 것 같다.”
“아니긴 뭐가 아니야! 아빠는 아무것도 몰라!”

아빠가 틀렸길 바라며 곧장 학원 선생님에게 내밀었다. 선생님이 글을 읽어 내려가는 눈동자에 따라 심장이 두근거렸다. 콩닥콩닥하던 심장이 쿵– 하고 떨어지기까지는 5분이 채 걸리지 않았다. 처음부터 다시 써오라는 말이 귀에 들렸으니까. 첨삭조차 불가능한 수준이라는 뜻이었겠지. 평소에 아무리 글을 안 쓴다지만 편지 쓰기를 좋아하고, 글쓰기 상을 받은 적도 있었다. 그런데 글쓰기 실력이 빵점이라니! 인정할 수 없었다. 어디서부터 어떻게 잘못된 것일까? 아무리 들여다봐도 완벽한 문장 구성이었다.(어쩌면 지금 집필하고 있는 이 책도 나만의 완벽한 책이 될 수도 있겠다는 생각이 든다. 제발 착각이길 바라며….) 내 눈에만 정답인 건 의미가 없으니 쓰고 지우기를 몇 번이고 반복했고, 제대로 썼는지 확인하기 위해 아빠에게 무작정 들이밀었다.

“아빠, 이것 좀 읽어봐 줘.”
“아빠, 이것도 부합하는지 확인해 봐.”

"아빠, 이건 어때? 인재상 A랑 B 넣은 건데 내 얘기에 잘 녹여낸 거 같아?"

큰일이었다. 면접 준비하는 데에 시간을 써야 하는데 자기소개서에 이렇게 많은 시간을 빼앗기다니! 이러다 면접 감이 떨어지진 않을까 불안했지만 어쩔 수 없었다. 서류 합격이 먼저라는 사실은 달라지지 않았으니까. 이력서를 100곳에 넣어본 건 아니었지만, 100번의 수정을 거듭한 끝에 이력서를 제출했다. 깜지를 쓰듯 수없이 뒤엎은 자기소개서를 회사가 알아준 것이었을까? 서류 전형이 까다롭기로 명성이 자자한 회사에서 단번에 합격을 받아내고 면접의 기회를 얻었다.

이력서 제출에 집중하느라 신경 쓰지 못했던 면접 연습에 모든 시간을 쏟기 시작했다. 수백 가지의 질문에 전형적이지 않으면서도 회사가 바라는 인재상에 부합하는 대답을 준비했다. 그리고 어떤 질문을 해도 술술 대답할 수 있는 경지까지 만들어 놓으려 발버둥을 쳤다. 면접에서 당황하면 감점이 되는 건 한순간일 테니까. 긴장하는 모습보다 진짜 웃음을 지으며 즐기는 모습을 보이는 것이 훨씬 좋은 인상을 줄 수 있을 테니까.

면접장에서 함께 연습했던 스터디원들을 만나면 반가움을 숨길 수 없었다. 그들의 얼굴을 마주한 덕분에 조금 덜 긴장하며 면접을 볼 수 있었다. 저들이 여기 있다는 것은 지금까지 했던 연습이 틀리지 않았다는 증거라며. 단계가 진행될 때마다 줄어드는 스터디원들을 보며 안도의 숨을 내쉬어야 할지 안타까워할지 고민할 새도 없었다. 또 다음을 준비하기 위해 여념이 없었으니까. 그저 끝까지 온 힘을 기울이는 것만이 할 수 있는 전부였고, 그들의 몫을 다하는 것이라 여겼다. 이력서와 면접, 그리고 수영 시험까지. 한 단계, 한 단계가 끝날 때마다 날아오는 합격 문자가 하루를 어찌나 좌지우지하던지, 다시 겪어 보라고 해도 느낄 수 없는 감정이었다. 그렇게 마지막 관문을 통과하고 입사하는 날을 손꼽아 기다렸다.

〈성공과 실패를 넘나드는 너에게〉

글에도 감정과 진심이 담겨 있대요. 제 스펙이 뛰어나지 않아도 눈에 들어 온 건, 이력서에 묻은 감정과 진심 때문이었겠죠. 비단 이력서만의 이야기는 아니지 않을까요? 이 책이 당신에게 닿았다는 건, 그걸 느낀 걸 테니까. 당신의 감정과 진심이 닿길 원하는 곳은 어딘가요? 정성을 다했나요?

1、 자기소개 (500자 이내)

저는…

이걸로 500자 채울 수 있을 듯^^

저는…

저는…

저는…

1、 자기소개 (500자 이내)

저는 키도 크고 밥도 잘 먹고
씩씩하게 자란 대한민국 으른 입니다!
이렇게 건실한 청년이 안전 업무를 수행한다면
고객들의 신뢰도가 높아질 것이라 확신합니다!
앞으로도 잘 먹고 건강관리 잘 해서
회사에 뼈를 묻겠습니다!

KEY POINT!

THIS IS 회사 인재상!

## 불평하기보다
## 상황을 바꾸기

"지현아~."

"직장인이 되어서 그런가? 되게 어른스러워진 것 같네?"

"우리 너무 어려워하지 마~ 그렇게 굳어 있을 필요 없어! 편하게 해, 편하게!"

성공하면 나를 대하는 주변 사람들의 태도가 달라진다는 말을 줄곧 들어왔다. 승무원이 성공을 의미하지는 않지만, 미래가 그려진다는 의미는 충분히 되지 않았을까? 남자친구의 부모님을 직장인 신분으로 다시 만났을 때, 그들의 태도가 달라지는 걸 목격할 수 있었다. 이름처럼 쫓아다니던 '학생'이라는 호칭이 사라졌으니까. 또한 부드러워진 말투와 한 옥타브 올라간 음정은 나를 당혹스럽게 했다. 180도 달라진 태도에 헛웃음을 감출 수 없었다. 취업이라는 단어 아래에 그토록 바랐던 따뜻한 면모를 볼 수 있다니, 괘씸하고 씁쓸했다. '인정받았으니 이제 된 건가?' 싶으면서도 '이게 현실인 건가?' 싶어 복잡 미묘했다.

승무원을 준비할 때, 유니폼을 입고 공항을 누비는 장면을 매일 상상했다. 잠도 못 이루고 뒤척이는 날이 하루가 멀다고 반복되었다. 그러다 끝내 승무원의 꿈을 이루게 되었을 때, 세상을 다 가진 듯 기뻤다. 부모님도, 친구들도 하나둘씩 나를 자랑하기 시작했다. 특별히 잘하는 것도 없고, 공부도 못했는데 누군가의 자랑이 된다는 것은 행복 그 이상이었다. 그동안 남몰래 노력했던 것들이 파노라마처럼 스쳐 지나가면서 주르륵 눈물을 떨어뜨렸다. 나는 늘 구렁이가 담 넘어가듯 쉽게 무언가를 이뤄본 적이 없다. 그런데 친인척 중에는 날고 기는 빵빵한 직업의 소유자가 많아, 늘 자존감이 낮았다. 가족들이 나를 업신여겼던 건 아니었지만 그렇다고 거론된 적도 없었다. 그래서 다른 언니, 오빠의 멋진 소식이 들려올 때마다 작아지는 모습을 아무에게도 들키고 싶지 않았다. 그런데 인정받지 못했던 지난날들을 청산하고 태어난 지 23년 만에 무언가를 이뤘을 때의 기쁨, 상상이 가는가?

내 이름은 특이한 것도 아니지만 그렇다고 흔한 이름도 아니다. 어딘가에서 내 이름을 봤다면, 그 후로 단번에 알아볼 수 있을 정도라고 설명해야 할까? 누구든 쉽게 기억할 수 있는 내 이름이 싫었다. 자존감이 낮아 나 자신을 사랑하지 못했기 때문이었다. 그래서 이름 석 자를 써야 하는 순간이 오면 다시 지워버리고 싶었고, 흔한 이름으로 개명하고 싶었다. 아무도 나를 기억하지 못하고 스쳐 지나가는 공기 중의 바람처럼 느껴졌으면 해서. 하지만 누군가의 자랑이 된 지금은 달랐다. 남자친구의 부모님에게 이름을 불린 순간. 수화기 너머 엄마가 내 딸은 승무원이라고 말하는 순간. 아빠의 얼굴에 편안한 웃음꽃이 피는 순간. 친구들이 멋지다고 말해주는 순간. 그리고 내 입에서 "저 승무원이에요!"라고 말하게 된 순간. 내 이름 석 자가 미친 듯이 사랑스러웠다.

가끔 생각한다. 만약 아무 노력도 하지 않으면서 존중해주지 않는다고 불평만 했다면, 지금쯤 어떻게 살고 있었을까? 고작 스물 둘에게 조건을 따진다며 남자친구의 부모님에게 탓을 넘겼더라면, 지금쯤 어떤 모습일까? 어쩌면 연기를 포기하게 한 부모님을 또 탓했을 수도 있겠고, 공부를 제대로 하지 않은 과거를 후회했을 수도 있겠고, 자격지심에 찌들어 있었겠지. 환경은 아무것도 달라지지 않고, 오로지 불평만 는 채.

〈성공과 실패를 넘나드는 너에게〉

자신이 싫었던 순간이 있나요? 저는 정말 많았어요. 이불킥 하고 싶은 과거의 기억 때문에. 그런데 상황을 바꾸면 오히려 뿌듯해지더라고요. 맞아, 나 부족한 사람이었는데 해냈네? 나도 할 수 있네? 당신도 할 수 있어요. 열심히 하라는 말은 안 할래요. 이미 열심히 하고 있을 테니까.

## 운이 좋았을 뿐,
## 잘난 척하지 않기

지금도 방 한쪽을 차지하고, 어디서든 잘 보이는 캐리어가 있다. 이 캐리어를 얻기까지 얼마나 큰 노력을 했는지 사람들이 짐작이나 할까? 취업에 성공했을 때, 입을 삐쭉 내밀고는 내 이른 성사를 부러워하는 사람들이 있었다. '그럼 너도 일찍 준비하지 왜 그랬어.' 하고 참 말하고 싶은 날들이었다.

"재보다 스펙이 나은데 뭐지?"
"언니 같은 사람이 승무원이 돼야지. 언니는 안 되고 재는 왜 된 거야?"

면접 스터디를 했던 사람 중에서 스펙을 따지는 사람이 있었다. 그럴 때마다 생각했다. '나만큼 열심히 면접을 준비한 사람이 있을까?'

학교에서도 비슷한 일화로, 어떤 동기가 한 말을 전해 들었다. 물론 그들이 위로 삼아 나를 걸고넘어졌을 수도 있었겠지만, 왜 내가 남몰래 한 노력은 우스운 가십거리가 되어야 하는지 참 씁쓸한 순간이었다. 이런 내 자부심에 스크래치를 내는 것은 나를 시샘하는 사람들뿐만이 아니었다. 오히려 합격한 사람들이 승무원이 되는 건 운이라며 초를 치는 거다! 어떻게 노력해서 들어온 회사인데, 너에겐 운일 수 있어도 남한텐 아닐 수 있는 거 아닌가? 왜 그렇게 말하느냐고 도끼눈을 뜨고 노발대발 따지고 싶었다. 하지만 사실 나도 운이 따르지 않는다고 단언할 수는 없었다. 스펙이 뛰어나지도 않고 면접 연습도 전혀 하지 않은 친구가 나와 며칠 간격을 두고 대번에 타 항공사에 합격했기 때문이었다. 친구의 합격 소식을 들었을 때, 축하하는 마음이 더 커야 하는데 현타가 찾아왔다.

사실 그 친구에게 뛰어난 재능이 있긴 했다. 그건 바로 외모. 특출 나게 예쁜 친구라 합격률이 높을 거라 예상하긴 했다. 그래도 친구가 외모로 합격했다고 믿고 싶진 않았다. 그럼 내 노력이 물거품이 되어버리는 꼴이니까. 그런데 이 친구마저도 승무원이 되는 건 운이라고 말하니 행복한 마음은 아래로, 더 아래로 가라앉았다. 누구보다 원하던 꿈을 이뤘으면 합격의 기쁨을 누리기에도 부족한 순간일 테다. 그런데 타인의 말에 휘둘려 스스로 저조한 기분으로 떨어뜨리는 모습이 얼마나 처량하던지. 누구든 취업을 위해 피땀, 눈물을 흘릴 텐데, 나는 노력해서 됐다는 말을 왠지 할 수 없을 것 같아서 어찌나 속상하던지.

"너도 승무원 한 번 지원해 봐."

합격한 나를 보면서 쉽게 말하는 사람들을 보면 오죽 쉬워 보이면 저렇게 말할까 싶어 가슴이 미어지기까지 했다. 그래! 어디 한번 넣어 봐라! 이게 그렇게 쉽게 되나! 운도 아무한테나 따르냐? 그런데 이런 생각들이 자만이었다는 걸 얼마 지나지 않아 깨달았다.

"쟤보다 스펙이 나은데 뭐지?"
"언니 같은 사람이 승무원이 돼야지. 언니는 안 되고 쟤는 왜 된 거야?"

의아해하던 스터디원이 떠올랐고 학교 동기의 말도 스쳐 지나갔기 때문이었다. 나 또한 육각형 인간처럼 완벽하지 않은데, 온 정성을 쏟았다는 이유로 타인의 노력과 삶을 우습게 바라본 것 같아 반성했다. 나보다 열심히 준비한 사람. 나보다 오래 준비한 사람. 나보다 간절한 사람. 어떤 면에서든지 나보다 뛰어난 사람은 무조건 있기 마련이다. 내가 선발된 건 결코 남보다 잘나서가 아니었다. 그런데 탈락한 사람의 심정은 헤아릴 줄 모르고, 누가 더 잘났는지 비교하는 꼴이 너무 부끄러웠다.

사실 친구가 얼굴만 예쁜 것은 아니었다. 친구는 뛰어난 말솜씨를 가지고 있었다. 면접 때 분명 예쁜 얼굴만큼이나 특출나게 말을 잘했을 것이다. 친구의 노력이 나보다 덜했더라도, 삶 속에 축적된 말발은 따라잡지 못했을 테다. 그래서 나도 이제는 이렇게 말한다.

"난 운이 좋았어."

더욱이 운이 좋았다는 말을 굳히게 된 것은 회사 동기들 때문이었다. 학벌이 짱짱한 것은 당연했고 좋은 회사를 떠나 이직한 사람도 있었다. 토익과 토스 둘 다 만점을 받은 사람도 있고, 각기 다양한 언어에 능통한 사람 등 박수를 칠만큼 멋진 사람들이 많았다. 그들과 함께 있는 것만으로도 어깨가 으쓱해졌다. 그리고 다시 한번 외쳤다.

"난 운이 좋았어."

〈성공과 실패를 넘나드는 너에게〉

당신이 실패를 자주 겪더라도, 운 좋게 얻은 성공이 있을지 모르겠어요. 기회는 노력하는 자에게 온다고 하잖아요. 당신이 노력으로 이뤄낸 것들 속에는 운이 깃들었을 거예요. 그러니 언젠가 또 다가올 운을 위해 꾸준히 노력하면 돼요. 그리고 인정해요. 운도 따라주었다고. 그러면 또 올 테니까!

## 주어지지 않은 재능을 인정하기

요즘에는 초등학생도 화장하는 시대다. 여성이라면 화장품이 없는 사람을 찾기 드물 정도로 누구나 화장한다. 하지만 나는 태생부터 '여자'라는 성별과는 거리가 멀었다. 엄마는 내가 배 속에 있을 때, 뻥뻥 발로 차는 바람에 남자일 것이라 확신했단다. 뱃속에서부터 이렇게 발을 차다니, 얘는 태어나면 축구선수를 시켜야겠다면서. 우렁찬 탄생 후에도 남자다움을 유지했다. 가지고 노는 장난감이 일반적인 여자 아이들과 달랐다. 무조건 기차, 로봇, 레고 등을 선택했고 인형은 눈길도 주지 않았다. 한번은 엄마가 나서서 비싼 값을 치러가며 바비 인형을 사줬다. 머리카락이 길고 큰 눈에 오뚝한 코를 지닌 바비인형. 그 인형을 보고 무슨 생각에서였는지 인형의 머리를 단발로 싹둑 잘랐다.

"다른 여자아이들은 긴 머리를 땋고 묶으며 노는데, 너는 왜 머리를 잘랐어?"

"애들은 다른 옷도 입혀보고 싶다며 더 사달라고 조르는데, 너는 왜 인형에 관심이 없어?"

엄마는 딸이 천생 여자이길 기대하는 바가 있었던 걸까? 안타깝게도 저 물음에 엄마가 원하는 대답을 할 수 없었다. 예쁜 것에 전혀 관심이 가지 않았으니까. 그러다 초등학교 4학년 때 일이었다. 언니가 친구들을 집에 데려와 장기 자랑에 나갈 춤을 연습했다. 언니가 하는 건 전부 따라 하고 싶었던 나이라, 그날 춤과 1세대 아이돌에 눈을 떴다. 그 후로, 매년 장기 자랑에 나가기 위해 초, 중, 고 통틀어 반에서 가장 시끄러운 아이들 무리에 속해 있었다. 조용한 아이들은 공부하고 독서를 했지만, 시끄러운 아이들은 장기 자랑에 줄곧 나갔으니까. 이후 수학여행을 갈 때마다 빠짐없이 장기 자랑에 나갔고, 반장 선거에도 끊임없이 출마하는 관종 중의 관종이 되었다. 빅뱅, 원더걸스, 소녀시대 등 그 시대의 아이돌은 다 씹어 먹었고 반장을 못하면 부반장이라도 도맡아 했다. 엄마는 반에 피자나 햄버거를 돌려야 한다며 선거 좀 그만 나가라고 싫어했지만, 이미 관종이 된 걸 어째?

당신에게도 그런 고정관념이 있는지 모르겠지만, 꼭 저런 아이들은 스스로 꾸미기도 잘하고 옷도 예쁘게 잘 입었을 테다. 그런 아이들과 어울리기 위해서는 얼굴에 뭐라도 찍어 발랐어야 했는데, 나는 관심이 없어서였는지 잘하지 못했다. 얼굴에 어울리는 화장법도 몰랐고 체형에 맞게 스타일리시한 옷을 입지도 못했다. 어느 정도였길래 그러냐고? 블러셔를 톡톡 두드렸을 뿐인데, 몽골 아이들의 빨간 볼 같다고 했다. 비비크림을 꼼꼼히 발랐을 뿐인데, 얼굴만 동동 떠다니는 귀신이라고 했다. 도대체 어떻게 발랐길래 그런 거냐고 묻지 마라. 아직도 눈썹을 왜 그렇게 그리느냐, 아이라인이 짝짝이다, 뭐 이딴 소리를 들으니까. 참, 불과 어제까지만 해도 왜 이리 하얗게 분칠했느냐는 말을 들었다. 대체 어디가 하얗다는 건데!

어린 시절 외모에 관심이 없던 건 나이가 들면서도 크게 변하지 않았다. 화장품에 관심을 두거나 예쁜 옷에 욕심이 없었으니까. 스키니진이 처음 유행할 때, 그 유행에 한참 뒤떨어져서 나팔바지를 입고 다녔다. 친구들이 비비크림을 바른 것처럼 얼굴이 새하얘지는 토마토 선크림을 바를 때도 빌려서 발랐으면 발랐지 직접 사본 적은 없었다. 이렇게 할 수 있었던 것은 무언가를 하지 않아도 남녀 불문하고 인기가 많아서였는지도 모르겠다. 예쁘장한 얼굴이 큰 키와 만나 남들보다 눈에 띄었고 덕분에 관심을 쉽게 끌었다. 일진은 될 수 없어도 이진 정도의 자리는 꿰찰 수 있었다. 그래서 굳이 노스페이스 패딩을 사지도, 키플링 원숭이 가방을 메지도 않았다. 보다시피 그저 관종일 뿐 일진이 되고 싶다는 욕구가 없었기에 가능했다.

대학생 때도 친구들이 민낯이 더 낫다고 했다. 나는 이 말을 '화장을 못한다.'라는 말이 아니라, '화장을 안 해도 예쁘다.'라고 듣고 싶은 대로 해석해서 화장하지 않았다. 친구들이 시행착오를 겪으며 화장 실력을 늘려갈 때, "화장 안 해도 예뻐!"라는 남자친구의 감언이설 또한 믿어버렸다. 여자의 변신은 무죄라고 나 역시 어찌 예뻐지는 걸 싫어했겠는가. 화장으로 더 예뻐진다고 느꼈다면 한결같이 얼굴에 그림을 그려왔을 터. 그런데 내가 봐도 능숙하지 못했다. 얼굴에 덧칠하면 할수록 점점 못생겨지는 거울 속 나를 볼 수 있었으니까. '똥손'이라는 단어는 나를 보고 생긴 게 아닐까? 싶었으니까.

화장으로 대번에 다른 사람이 되는 모습을 보여준 영상을 본 적이 있는가? 그런 영상을 볼 때마다 그 기술이 부러웠고, 거울과 영상을 번갈아 보면서 따라 했던 적도 있었다. 하지만 내게는 다른 세상에서만 가능한 일이었다. 영상의 끝자락에 다다랐을 때, 완성되어 있어야 할 화장은 아이가 엄마 화장품을 훔쳐 쓴 듯 엉망진창으로 보였으니까. 하면 할수록 발전하는 것이 아니라 퇴보하고 있었으니까. 그도 그럴 것이 똑같이 따라 하지도 못할뿐더러, 채널 주인장과 내 얼굴은 뼈대와 생김새가 아예 다른데 어찌 나한테 찰떡일 수가 있겠냔 말이다. 아아, 도대체 내 손은 왜 이런 것인가! 손이 말을 할 수 있다면, 너는 내 몸인데 왜 내 마음처럼 움직이지 않는 거냐고. 네 문제가 아니라 얼굴이 문제인 거냐고 대화를 나눠보고 싶다.

화장을 못한다고 해서 사람들이 연을 끊거나 비웃는 것은 아니었다. 그렇다고 화장하는 방법을 알려주는 것도 아니었고, 좀 배우는 건 어떠냐며 삿대질하지도 않았다. 그러니 아랑곳하지 않고 늘 같은 화장을 반복했을 뿐이었다. 여태껏 문제가 없었으니 앞으로도 문제가 되지 않으리라 단언하며. 그런데 입사하고 나니 이건 큰 문제였다. 그것도 아주아주 큰. 이럴 줄 알았으면 남자로 태어났어야 했는데….

〈성공과 실패를 넘나드는 너에게〉

처음부터 똥손은 천부적인 재능이라 생각하고,

남을 의식하지 않았다면 얼마나 좋았을까요?

타인이 평균 이상 하는 일을 못한다고 인정하는 것도 큰 용기가 필요해요.

그런데 인정하고 나면 그 이후로는 편해요.

잘하려고 안간힘을 쓰지 않아도 되니까요.

## '이 또한 지나가리라' 외치기

회사에서는 매일 아침, 얼굴과 머리 그리고 손톱까지 검사했다. 셋 중 하나도 잘하기 고된데 세 가지 모두 잘하라니 당황스러웠다. 그나마 손톱은 젤네일을 받으면 되니까 양반이라고 생각했는데 그게 아니었다. 정확히 말하면 절반만 맞았다.

손톱은 승무원 어피어런스 규정에 포함되어 있다. 그래서 회사 면접을 볼 때도 네일은 암암리에 필수로 해야 하는 요소였다. 나는 데싱디바라는 네일스티커를 붙이고 면접을 봤었지만, 입사를 앞두고 준비된 자세를 보이기 위해 젤네일을 미리 하고 갔다. 그리고 훈련생 첫날, 버건디색 손톱을 본 교관님은 색이 너무 강렬하다며 손님들에게 공격적으로 보일 수 있으니 지우라고 했다. '지금 당장 손님을 만날 것도 아닌데 뭔 상관이야?'라는 생각이 스쳤다. 하지만 승객과 마주하는 상황을 미리 준비하는 기간이니 고개가 끄덕여졌다. 강렬한 것도 이해할 수 있고 지우라는 것도 이해할 수 있었는데, 기한이 바로 다음 날까지라는 건 이해하기 어려웠다. 그 말인즉슨 어피어런스 규정에 따라, 내일 아침 어피[1] 검사를 하기 전까지 지우는 건 물론이고 다른 색으로 발라 와야 한다는 의미였다. 일반 매니큐어도 아니고 젤네일은 혼자 지울 수도 없어서 꼭 매장을 가야만 했다. 그런데 훈련받을 때는 휴대전화를 반납하게 되어 있어서 예약도 불가능했다. 오후 6시에 퇴근하고 어떻게 네일샵을 예약하느냐는 말이다!

오후 6시, 훈련은 끝났지만 네일샵을 찾지 못했다. 집으로 돌아가는 지하철에서 왼쪽 손톱으로 오른쪽 손톱을 밀었다. 툭-툭- 거슬리는 소리에 옆 사람한테 피해를 줄까 봐 자리를 옮겼다. 뾰족구두를 신은 채 지하철 연결 통로 틈새 사이에 서서 네일이 떨어져 나가는 걸 지켜봐야만 했다.

'오늘 안에 다 뗄 수 있을까?'
'네일 한 지 3일이나 됐나? 이렇게 단단한 걸 어떻게 떼.'

---

1) 어피(appearance): 어피어런스 줄임말. 화장, 머리, 유니폼을 포함한 전체적인 겉모습을 의미하지만, 머리의 모습을 칭하는 경우가 많음

'한세월 걸리겠는데? 차라리 손톱을 뽑는 게 더 빠르겠다! 엄청 아프겠지?'

'색깔이 뭐 어쨌다고…. 안전이든 서비스든 색깔이랑 무슨 상관이야 도대체….'

네일을 다 제거하기는 했지만 깔끔하게 떨어지지는 않았다. '매니큐어를 위에 얹으면 괜찮겠지?' 하며 집에 사다 놓은 분홍색 매니큐어를 덕지덕지 바르고 출근길에 올랐다. 젤이 깔끔하게 없어지지 않은 손톱 위에 억지로 올린 분홍색은 여기저기 뭉쳐 있었다. 어느 손가락의 손톱은 밀리기도 하고, 또 어떤 손가락은 매니큐어가 아예 벗겨진 것도 있었다. 큰일 났다는 생각이 스쳐 지나가면서도 시간이 하루밖에 없었고 노력하는 모습을 보였으니 괜찮지 않을까 생각했다.

"이게 뭐하자는 겁니까?!!!"

"시간이 없어서…."

역시나 네일을 확인했던 교관님은 큰 탄성을 내질렀다. 그때는 몰랐다. 여기는 학교가 아니라는 걸. 직장은 시간이 없다는 말 따위가 핑계밖에 되지 않는단 걸. 그 일 후로 교관님에게 미운털이 박혔다. 아예 못했으면 못했지, 지저분하게 등장한 훈련생은 처음이었을 테니까. 그날 퇴근하고 바로 네일샵을 방문해 모든 네일을 깨끗이 벗겨 낸 후, 단정한 색으로 재단장했다. 터덜터덜 집으로 돌아가는 지하철 안. 이틀째인데 벌써 이렇게 어수룩하면 어떡하지? 하는 자기 질책으로 한숨을 푹 내쉬었다. 동시에 지하철 유리창에 반사되어 비치는 내 모습과 눈이 마주치니, 가여워서 울컥했다. 왠지 승무원이 되지 말았어야 할 인물이 억지로 끼워 맞추려 하는 퍼즐 같아서. 마치 억지로 발라놓은 분홍색 매니큐어처럼 말이다.

네일 규정은 이러했다.

1. 손톱이 새로 자라 흰 부분이 보이기 전에 네일을 교체할 것
2. 파츠처럼 손톱 위로 올리는 것은 금지할 것
3. 눈에 띄는 색은 지양할 것

손톱은 매일 자란다. 그래서 새로 올라오는 흰 부분을 가리기 위해 매일 매니큐어를 지우고 새로 바르기를 반복했다. 그러다 나중엔 네일샵에서 그라데이션 젤네일을 받아 흰 부분이 보이는 것을 최대한 감추었다. 그래 봤자 일주일밖에 유지되지 못했고, 일주일에 한 번씩 네일을 바꿔가며 얇아져만 가는 손톱에 고통스러웠다. 선택의 여지없이 매주 4~5만 원씩 태워 가며 네일에 투자하는 현실이 싫었다. 그래도 고생길이 훤한 훈련 생활에 돈으로 해결할 수 있는 것이 하나라도

있어서 다행이었다. 나는 모든 것에 미숙한 부적응자였으니까.

'손톱을 뽑아버리는 건 어떨까?'라는 생각이 든 건 훈련생 때가 마지막이었다. 라인[2]에 올라가서는 흰 부분이 보이기 전에 네일을 교체해야 하는 터무니없는 규정이 없었으니까. 그렇게 네일을 지우네 마네 고군분투했던 시간이 언제 있었냐는 듯 지나갔다. 다행이었다. 승무원을 하는 한, 손톱이 닳아 없어지는 줄 알았는데 이 또한 지나가는 일이어서. 덕분에 지저분해지지 않는 선에서 네일을 오래 유지할 수 있었다. 도리어 이제는 네일 하는 시간이 즐겁기까지 했다. 해외에서 저렴한 가격에 할 수 있었기 때문이다. 손톱과 발톱 모두 하고 싶은 만큼 아트를 넣어도 5만 원이 채 되지 않았으니, 한국에서 시술할 이유가 없었다. 승무원들은 자주 해외에 가서 '크루[3] 할인'이라는 명목으로 더욱 저렴하게 받을 수 있었다. 한국에서는 직원과 잡담이 오고 가는데, 외국에서는 말이 통하지 않으니 말을 아낄 수 있다는 것도 장점이라면 장점이었다.

물론 단점도 있었다. 가격이 저렴한 만큼 퀄리티가 훌륭하지는 않았다. 질의 차이는 국적 따질 것 없이 천차만별일 테지만 그래도 몇 가

---

2) 라인(line): 기업에서 구매 · 제조 · 운반 · 판매 따위의 활동을 나누어 수행하고 있는 부문으로, 승무원들 사이에는 비행 활동을 의미

3) 크루(crew): 운행 중인 차, 기차, 배, 비행기 따위의 안에서 운행과 관련된 직무와 승객에 관한 사무를 맡아서 하는 사람

지 예를 들어본다면, 해외에서 한 네일은 유지 기간이나 그림 퀄리티에 대한 만족도가 낮았다. 한국에서는 파츠가 잘 떨어지지 않는 건 물론 옷이나 머리카락 등에 걸리지 않았지만, 외국에서는 틈만 나면 떨어지고, 걸리고, 찢어졌다. 한번은 발톱에 무더기로 파츠를 올린 적이 있었다. 다이아처럼 반짝이는 파츠만 보면 내 눈도 반짝였는데 규정 탓에 손톱에 파츠를 올릴 수 없으니 발톱을 택한 것이었다. 보기에는 예쁘지만, 양말이나 스타킹을 신으면 쭉 찢어져 하루를 못 갔다. 매일 스타킹을 새로 사야 했으니, 배보다 배꼽이 더 큰 격이었다. 구두만 안 뚫리면 되지 뭐! 이날 파츠를 올리고 싶은 욕구를 풀어주었고, 아주 가끔 그렇게 기분을 전환했다.

"선배님, 어디 다치셨습니까?"

"아뇨, 네일 뜯어졌는데 새로 할 시간 없어서 다친 척하려고 밴드 붙였어요. 비밀~."

한번은 선배님이 손가락에 대일밴드를 두르고 와서, 걱정되는 투로 물어봤는데 도리어 깨달음을 얻었다. 이게 바로 선배님의 지혜라는 거구나! 그 이후로 나도 네일이 뜯어질 때마다 줄곧 반창고를 이용했다. 종종 파츠를 붙이고 싶으면, 발톱에 올리고 밴드를 붙여 스타킹을 신는 응용까지도. 다행이었다. 일주일에 한 번씩 네일을 교체하지 않아 손톱 건강을 지킬 수 있게 된 것부터 외국물 먹은 네일의 유지력이 떨어질까 걱정하지 않아도 되기까지. 이렇게 끊임없이 걱정이 찾아오지만, 다 지나가는구나! 또 다른 걱정이 찾아오겠지만, 그 또한 지나가겠지.

〈성공과 실패를 넘나드는 너에게〉

당신도 학교와 회사에 다니면서 힘들었던 부분이 있었죠?

당시에는 심각한 상황 같았는데, 나중에 보면 별것 아니었던 일이 참 많죠.

그러니 앞으로 무슨 일이 생기거든 생각해요. 이 또한 지나갈 거라고!

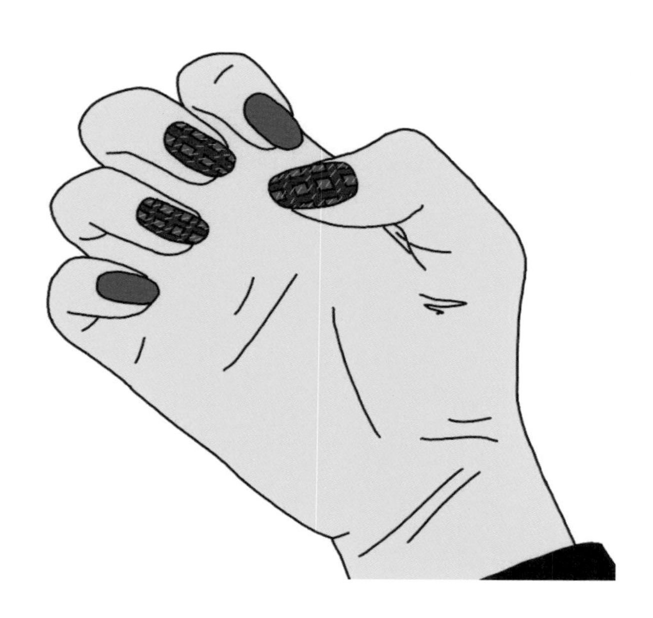

## 재능이 없어도 당당하기

'승무원은 다 예뻐.'라는 인식이 만연한 세상에서, 동기들 역시 하나같이 예뻤다. 화단에 꽃을 심어놓은 듯 각기 다른 색으로 예쁘게 빛나고 있었다. 물론 나 또한 그렇다고 생각했다. '내가 승무원이 된 건 나도 이만큼 예쁘기 때문이야!'라고 말이다. 하지만 문어 머리를 하고 화장한 내 모습은 꽃이 활짝 핀 화단에 해충을 풀어놓은 것 같았다. 예쁘게만 보여야 할 화단이 해충으로 인해 으악! 하며 표정이 일그러지지 않던가. 누구의 눈으로 보든, 그런 해충 같은 존재처럼 보일 거 같았다.

회사에서는 두어 시간 외에 화장과 헤어두를 교육하지 않았다. 성인이니 이런 것쯤은 알아서 할 거라는 생각이 아니었을까. 혹은 당장 배운다고 해서 금세 늘지 않으니 시간을 두고 지켜보려는 것이었을 수도 있겠다. 아니면 다른 교육을 할 시간도 부족한데 이런 데에 시간을 소모할 수 없었을 수도 있고, 한 명 한 명에게 가르침을 제공할 여력이 되지 않았을 수도 있겠다. 이렇게 회사 입장에서 이해하려는 나와 달리, 회사는 나를 이해하지 않았다. 갑자기 한순간에 완벽할 것을 요구받았으니까.

동기들은 서로 사용하는 화장품을 공유했다. 이게 더 잘 어울릴 거 같다며 추천해 주기도 하고, 단순히 테스트하는 것만으로도 어울리는지 아닌지를 판단할 수 있었다. 동기들이 사용하는 화장품을 보니, 내가 쓰는 도구가 저렴해서 질이 떨어지는 게 아닐까 희망을 걸어보았다. 하지만 같은 로드샵 브랜드의 화장품을 써도 기술의 차이인지 본판의 차이인지 좀처럼 똑같아지지 않았다. 수심이 나날이 깊어질 수밖에 없었던 건 단순히 화장 때문만이 아니었다. 머리를 쫙 틀어 올려 묶는 것, 어쩌면 이게 더 큰 문제였다. 생각해 봐라. 화장도 못 하는데 승무원의 트레이드마크인 쪽머리를 단숨에 할 수 있다고? 그래도 호텔에서 실습하며 몇 번 묶어본 적이 있으니 다른 사람들보다 나을 줄 알았다. 그 예측은 정확히 빗나가다 못해, 누구와 견주어도 잘 묶지 못했지만.

‘똥손이 똥손 한 건가. 다들 금손이야? 아니면 어디서 헤어두 방법을 미리 배워온 거야?'라는 질문이 목 끝까지 차올랐다. 교관님한테 점검받을 때마다 소리 소문 없이 통과하는 동기들, 문제아처럼 매번 걸려 넘어지는 나. 손재주가 제로에 가까운데 어찌 예쁘게 묶을 수 있었겠는가. 시간이 흐를수록 예쁘게는 바라지도 않으니, 깔끔하게라도 묶을 수 있길 바랐다. 남자야 그게 어려운 건지 쉬운 건지 모른다고 쳐도, 여자라면 그냥 하면 되는 거 아니냐고 생각할 수 있다. 그런데 나는 진짜 '그냥'이 안 되는 사람이었다. 아니, 사실 아직도 안 되는 사람이다. 차라리 더럽게 못하던 공부가 더 쉽다고 말할 수 있을 정도로 꾸미는 데에 감이 없다.

갑자기 화장을 매일 하면서 설상가상으로 얼굴에 성인 여드름이 무작위로 올라왔고 곰보빵이 됐다. 안 그래도 화장을 못하는데 여드름까지 커버한다는 건 있을 수 없는 일이었다. 기름이 과하게 분출되어 여드름이 생기는 것 같아, 틈이 날 때면 화장 위로 파우더를 덮었다. 그런데 남자 동기가 파우더를 얹으면 여드름이 더 과다하게 분출될 테니 여드름 약을 먹으라고 조언했다. 남자한테 피부에 관해 조언받는 꼴이라니…. 도대체 난 얼마나 심각한 걸까 싶으면서도 고맙다며 복용하기 시작했다. 이 약은 임산부의 50%는 낙태를 할 만큼 독한 약이었지만, 매일 복용하며 여드름이 사라지기를 빌고 또 빌었다.

"지현 씨, 라인 올라가면 잘할 수 있지?"

"네, 잘하겠습니다!"

훈련생 교육을 마치고 회식하던 날, 교관님은 한 명씩 돌아가며 마지막 말을 나누었다. 내 차례가 되어 질문을 던지면서도, 얼굴과 머리를 보며 한숨을 내쉬던 모습이 아직도 선명하다. 자신 있게 잘할 거라 외쳤지만, 글쎄… 과연 잘할 수 있을까?

<성공과 실패를 넘나드는 너에게>

자기 자신을 못 꾸미는 게 죄인가요? 못할 수도 있지!

잘못도 아닌 일에 기죽지 마세요. 금손, 똥손 얘기가 왜 있겠어요?

손으로 하는 건 무엇이든 재능이 필요하니까요.

그러니 못하는 게 있어도 당당하세요.

그래! 나 재능 없다! 어쩔래! 당당하지 못할 게 뭐냐고요!

## 스스로 불행 지옥에 들어가지 않기

면접 준비할 때 스터디 했던 사람 중에는 함께 합격해 동기가 된 사람도 있었다. 스터디를 주관할 당시, 항상 자신감 넘치고 밝은 모습을 보여줬다. 그런데 회사에 입사하고 나니 볼품없는 내 모습에 자존감이 지하로 떨어졌다. 표정은 어두웠고 말에 자신이 없었다. 겸손도 남이 추켜세워줄 때나 떠는 것이지, 아무도 칭찬하지 않는데 나 혼자 떠는 겸손은 그저 자기 비하일 뿐이었다.

동기들은 매번 혼나기만 하는 내가 안타까웠는지 출근 시간보다 더 일찍 불러내어 머리를 해주거나 가르쳐주었다. 화장도 알려줬지만 해주는 것도 하루, 이틀이지 하나둘 기권하기 시작했다. 안 그래도 힘든 훈련 일정 속에 동기들을 귀찮게 만드는 것 같아, 먼저 가르쳐달란 말을 꺼낼 수도 없었다. 나아지지 않아 밥 먹듯 혼이 났고 교관님과 동기들의 말 하나, 행동 하나에 눈치를 핼끔핼끔 보았다. 그리고 동기들은 이런 나를 두고 수군대기 시작했다.

"소심한 거 같아."
"자신감이 너무 없어."
"왜 본인을 자꾸 깎아내리지?"
"면접 준비할 때는 엄청 긍정적인 줄 알았는데 아니었네."

엄마한테 찡얼대면 회사에 입사했더니 신부 수업받고 있냐며 깔깔대고 웃었고, 친구한테 고민 상담하면 겪어보지 못해서인지 잘 공감하지 못했다.

'지금이라도 포기할까?'
'라인에 올라가서 잘할 수 있을까?'
'시간이 흐르면 적응할 수 있을까?'
'한 살이라도 어릴 때 다른 길을 찾는 게 낫지 않을까?'

매일 옷깃으로 눈물을 닦으며 하루라도 빨리 그만둬야 하나 갈팡질팡했다. 하지만 승무원은 그토록 간절히 원했던 두 번째 꿈이었다. 세상만사 아무것도 마음대로 할 수 없었지만, 이번에는 뜻대로 흘러가

주었던 취업이었다. 이대로 그만두기에는 내 열정과 마음이 너무 갸륵했다. 이대로 놓아버리기에는 나를 자랑스러워하던 사람들이 떠올랐다. 이대로 끝내버리기에는 포기가 너무 쉬운 사람처럼 보일 것 같아 참아야만 했다.

자신감이 없었던 건 얼굴과 꾸미는 기술만이 아니었다. 가느다랗지 못한 체형 탓에 유니폼이 어울리지 않을까 봐 지레 걱정하는 일은 덤이었다. 회사에서는 매일 간식으로 과자를 줬는데, 침을 질질 흘려가면서 과자를 등한시했고 동기들과 갖는 회식 자리도 줄곧 피했다. 가까이 지내던 동기들도 한 명씩 멀어져 갔지만, 각자도생이라고 했던가. '그래, 친한 동기 없으면 어때. 어차피 비행하면 혼자야.'라며 사력을 다해 정신을 붙잡았다. 수료하던 날, 동기들은 다시 만나기 어렵다는 사실에 눈물을 흘렸다. 나도 울었지만 내 눈물의 의미는 달랐다. 훈련이 드디어 끝났다는 기쁨의 눈물이었다.

동기와의 관계를 소홀히 했던 대가는 라인에 올라가서도 지속됐다. 선배들이 자꾸 친한 동기가 누구냐고 묻는데, 그때마다 참 마음이 복닥거렸다. 혜교랑 태희라고 했는데, 동기들은 내 이름을 말하지 않을까 봐 안절부절못했다. 입사 전에는 사교성이 좋아서 모르는 사람에게 먼저 말을 걸고 쉽게 친해지는 성격이었다. 그래서 친한 사람이 없던 적은 처음이라, 동기와 관련된 질문에 골머리를 앓았다. 처음 한두 번 질문을 받았을 때는 동공 지진이 일었지만, 이내 별다른 의미 없이 묻는 말이란 걸 알고 수월하게 대답할 수 있었다. 이전에 물어봐 놓고 또 물어본 걸 보니 침묵을 깨기 위한 질문이라고 합리적인 추측을 한 것이었다. 단, 동기와 선배가 대화를 많이 나눴거나 친하면 난감한 경우가 생겼다. 나한테 동기에 대해 아는 체를 했는데, 반응이 떨떠름하거나 모르는 눈치면 친한 거 맞냐고 되묻기도 했으니까.

"안 친한가 봅니다~."
"저만 친하다고 생각하나 봅니다~."

이런 상황이 올 때마다 웃어넘기려 노력했다. 그러다 보면 자연스레 대화 주제를 넘기는 법도 깨우쳤다. 반대로 선배님의 친한 동기를 맞춰보겠다며 수수께끼를 하기도 했는데, 나중에는 당당하게 친한 동기가 없다고 말했다. 당황한 기색을 보이는 선배님도 있었지만, 대다수는 같이 비행하지 않으니 멀어질 수 있다며 넘겨짚곤 다 안다는 듯 이야기했다.

동기들은 회사에서 만나면 서로 반가워하는데, 나는 동기가 편하지 않았다. 동기가 내 수치스러운 과거를 아니까 마주치기가 무안했다.

'내 얼굴을 보면 훈련생 때가 떠오르겠지?' 하며 피해의식을 느꼈으니까. 설사 동기가 내게 다가오고 싶다가도 이런 모습에 떠났을 것 같다. 이런 내게 억지로 짜인 동기와의 비행은 색안경을 벗도록 만들어 준 좋은 기회였다.

"너 되게 밝은 애구나?"
"너 말랐다. 밥 안 먹고 다니니?"
"몰랐는데 얼굴이 굉장히 하얗구나? 멀리서 보니까 얼굴에 형광등 켠 거 같아!"

다 기억할 수는 없지만 내게 듣기 좋은 소리를 했다. 어쩌면 이들은 애초부터 나에 대해 아무 생각도 없었는데, 나 혼자 소설 속 비운의 주인공으로 만들었던 건 아닌가 생각했다. 동기들 앞에만 서면 훈련생 때로 회귀하는 이유도 그들의 시선 때문이 아닌 나 자신 때문이었을지도 모르겠다고.

왠지 친한 동기 한 명도 없는 것 같아 부연하자면, 찌질한 내게 다가와 친해진 동기들도 있다. 함께 여행을 가기도 하고 고민과 슬픔을 나누었던. 이사를 하면 집들이하고 서로의 생일을 챙겨주던. 퇴사한다고 했을 때, 앞날을 걱정해 주고 힘들어한 걸 알아주지 못해서 미안하다고 말해주던. 아, 술 먹고 집에 찾아와 뽀뽀를 휘갈기던 날도 있었다. 동기들 가운데 친했다가 멀어진 동기도 있고, 멀었지만 친해진 동기도 있다. 현재형이든 과거형이든 나 또한 그들에게 지극정성으로 대하지 않았으니 무언가를 바랄 수는 없을 것 같다. 지금도 현명하지 못하지만, 그때 관계에 있어 더 지혜로웠다면 조금 달랐을까? 부족한 나를 우쭈쭈 달래가며 노력해 준 게 고맙고, 더 마음을 열지 못한 미안함 또한 품고 있다. 홀로 사투를 벌이며 흙탕물을 만들어내는 내게 가까이 다가와 준 동기들 덕분에 나도 잠시나마 반짝일 수 있었다. 친한 친구만큼 두텁지 못하고 얄팍한 직장 동료 관계였을지라도, 이들이 없었다면 호락호락하지 않은 사회생활을 견디지 못하고 진작 때려치웠을 테다. 힘든 날들 뒤에 이들과의 추억이 있어서 마냥 춥지만은 않은 기억이 된 듯하다.

<성공과 실패를 넘나드는 너에게>

남이 욕을 해도 받지 않으면 내 것이 아니라는 말이 있어요. 그런데 저는 저를 지키지 못할망정, 스스로 채찍질하며 욕을 했어요. 혹시 당신도 그러진 않나요? 남과 비교하며 스스로 사랑하지 못하고 자책하는 시간이 더 많다면, 불행하게 만들어서 미안하다고 사과하세요! 그리고 당근을 주세요!

## 작은 돌멩이를
## 커다란 바위로 착각 말기

어려웠던 어피는 화장과 헤어두였지만, 점검은 단순히 이 두 가지가 아니었다. 앞서 언급한 네일을 포함해, 옷의 구김 상태도 확인했다. 평생 다림질한 적 없었는데, 다리미까지 구비해 매일 반듯한 정장을 유지하려 애썼다. 옷에 먼지가 붙어 있어서도 안 되었다. 그래서 동기들은 아침마다 때 밀어주듯 서로의 몸을 구석구석 돌돌이로 밀어주며 난리 법석이었다. 엄마는 이런 얘기를 들었으니, 괜히 신부 수업받으러 취업했냐고 묻는 게 아니었다. 여태껏 외적인 것만 토로했으니, 당신도 신부 수업을 받으러 간 게 아닌가 싶을지도 모르겠다. 하지만 어피만큼 고통스러웠던 게 하나 더 있었다.

훈련생 자격으로 출근한 첫날, 웬만한 전공 서적보다 두꺼운 책 2권을 모조리 외워야 하는 임무가 주어졌다. '취업하면 시험은 끝 아니었어? 더 이상 그런 거 안 봐도 괜찮잖아!'라는 건 꿈속에서나 바랄 희망 사항이었다. 어찌나 많은 시험이 준비되어 있던지, 또다시 학생이 된 기분을 지울 수 없었다. 그야말로 학교에서 회사라는 장소만 바뀌었을 뿐이었다. 오전 9시부터 오후 6시까지 두 달간 그 두꺼운 책을 파헤쳤다. 처음 듣는 용어들, 머릿속으로 그림조차 그려볼 수 없는 문장들을 읽어가며 억지로 뇌에 구겨 넣었다. 이 책 두 권이 머리에 다 들어가 있어야 비로소 승무원이 될 수 있다니 가당치도 않지! 불가능한 일을 시킨다며 씩씩거리면서도 피할 수 없으면 즐기라는 말을 떠올렸다. 이왕 이렇게 된 거 시험에서 만점을 받겠다며, 퇴근 후에 매일 카페에 가서 정리하고 또 외우기를 반복했다. 충분히 외웠음에도 더 공부하겠다고 오기를 부리기도 했는데, 어피로 늘 꾸중을 들으니 시험이라도 잘 보고 싶었다. 학창 시절을 떠올려보면, 선생님들도 늘 1등은 예뻐했으니까.

똑똑히 공부했다. 성적 장학금도 3번이나 타고 중국어 자격증도 단기간에 취득할 만큼 머리가 절대 나쁘지 않았다. 그런데 왜 눈만 깜빡하면 잊어버리는지 허무맹랑하기만 했다. 동기들과 동일선상에서 배웠는데 그들은 왜 공부하냐는 듯 퇴근 후와 주말에 놀러 다녔다. 나는 카페에 보물이라도 숨겨놓은 양 늘 교범을 달고 살아서 상대적 박탈감도 느꼈다. 학창 시절에 공부 안 하고 노는 척하는 친구들이 있었는데, 그들처럼 밤새 뒤에서 공부했던 걸까? 배우기만 한다면 기억저장소에 제대로 들어가 있는지 알 수 없을 터. 매주 시험을 치렀다. 학교 중간고사가 무색할 만큼 비꼬아 출제된 문제들. 똑바로 정신 차리지 않으면 낙방이 코앞에서 기다리고 있었다. 낙방하면 쪽팔리고 그만 아니냐고? 아니다. 정해진 점수 밑으로 떨어지면 훈련생이라는 이름만 남긴 채 회사를 떠나야 한다는 교관님의 신신당부가 있었다. 물론 재시험이라는 패자부활전이 있기는 했으나, 어피에 이어 머리까지 나쁘다고 낙인찍힐까 봐 긴장하지 않을 수 없었다. 만일 그렇게 된다면, 창피함에 문밖을 뛰쳐나가 다시 돌아오지 못 할 거 같았다. 진짜 패자가 될 거라고 여겼으니까. 그래서 매주 요란한 심장 소리를 들으며 시험을 치렀다. 매일 공부했다면서 낙방의 고배를 마신 적이 있다고 하면, 사람들은 이 책을 덮을지도 모르겠다. "이런 멍청한 저자의 책은 읽을 필요도 없어!"라면서. 축하한다. 여러분은 책을 끝까지 읽을 수 있게 됐다! 불행인지 다행인지 1등을 해본 적은 없었지만, 낙방한 적도 단 한 번도 없었다.

이 지겨운 시험은 두 달 내내 지속됐다. 필기는 그럭저럭 통과했는데 실기는 입과 몸이 따라줘야 하는 거라 너무나도 힘들었다. 입이 뇌를 따라오지 못해서 버벅대고 행동은 반대로 하고, 도대체 왜 이렇게 멍청한 걸까 자책하는 날들이 많았다. 완벽히 외워 동기 앞에서 물 흐르듯 시범을 보인 것조차, 냉엄하게 쳐다보고 있는 교관님만 보면 경직되어 뚝딱거리는 로봇이 됐다. 필기시험은 아무 생각 없이 잘 봤더라도, 실기는 긴장하지 않은 동기들이 아무도 없을 테다.

강도 높은 훈련에 목소리가 쉬는 건 예삿일이었고 다양한 비상 상황에 맞춰 신속히 해결 방안을 제시해야 하니 안온한 순간이 없었다. 늘 생사기로에 놓인 듯 분주하게 움직이면서도 절도 있게 행동해야 했다. 어리둥절하면 다시 또 다시를 외치는 교관님과 진이 빠져 축 처진 어깨를 보이던 훈련생들. 훈련 기간 동안 기억력에 실망하며 '전생에 금붕어가 아니었을까?' 하는 의심이 확신으로 바뀌었었다. 다행히 AI 금붕어로 거듭날 수 있었지만, 훈련생 기간 내내 나 자신을 믿지 못하고 승무원의 자격을 끊임없이 의심했다. 어느 것 하나 잘하지 못하고, 뱁새가 황새를 따라가기 위해 뒤꽁무니나 쫓는 것 같아서. 취업해서 멋진 사람으로 바뀌었다고 생각했는데, 현실은 또 발버둥 쳐야 하는 것 같아서. 그래도 이 악물고 버텼더니 쫓아 가지더라. 그땐 당장이라도 뛰쳐나가고 싶을 만큼 힘들었지만, 이제는 안줏거리처럼 꺼내어 얘기할 수 있는 이야기가 됐다. 남자들이 군대를 추억할 때와 비슷하지 않을까?

<성공과 실패를 넘나드는 너에게>

잘할 수 있을까 전전긍긍하던 날이 있으신가요? 걱정해서 달라질 게 없다는 걸 알면서도, 마음을 다스리긴 쉽지 않죠. 하지만 돌멩이처럼 작은 일을 큰 바위처럼 만드는 건 우리의 몫이에요. 나 자신을 믿어주세요. 불안하고 어렵지만, 그래도 해낼 거라고요. 이건 한낱 돌멩이에 불과하다고!

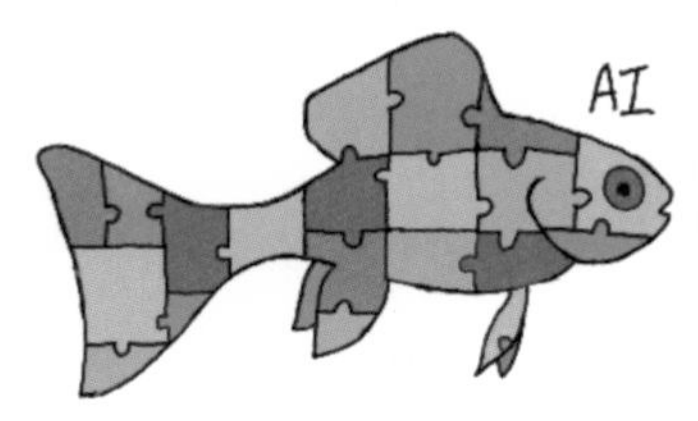

## 입시에 실패하고

## 취업을 도전하던 나에게

지현아, 19년을 준비한 입시와 첫사랑이었던 꿈을 저버렸을 때 얼마나 힘들었니?

세상 어디에서도 존중과 인정을 받지 못할 거라 생각했던 때 얼마나 마음이 아팠니?

그래도 꿋꿋이 이뤄내어 고마워.

될성부른 떡잎이 아닌 너는 앞으로도 힘들 테지만, 그래도 이번처럼 이뤄낼 거지?

나는 널 믿어. 그러니 넘어지더라도, 툭툭 털고 일어나 꼭 도전하자!

PART 2.

# 다사다난한 직장 생활, 살아남겠습니다!

대입부터 취업 준비까지, 굵직한 큰일들은 다 겪은 것 같은데

또 다른 시작이더라고요. 여러분의 직장 생활은 어떤가요?

허구한 날 실수를 저지르느라 바쁘고,

적응하기 위해 허우적거리던 날들인가요?

저는 괴상하리만치 특별한 경험을 많이 했어요.

내기하실래요? 누가 더 많이 했는지!

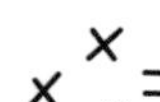

## 사회생활 잘해야 한다는 욕심 내려놓기

"나 오늘 남자친구가 헤어지자고 했다니까?"

'갑자기 웬 뚱딴지같은 말을 하지?'

어안이 벙벙한 내 옆에 동기가 훅 들어왔다.

"네? 어머! 어떡합니까?! 괜찮으십니까?! 남자친구분께서 갑자기 그러신 겁니까?"

'얘는 또 왜 이래?'

멍해진 표정에서 당황한 표정으로 변하기까지는 5초도 채 걸리지 않았다.

이게 지금 무슨 상황이냐 하면, 훈련생에서 승무원으로 거듭나기 위한 중요한 시험을 보는 날의 한 장면이다.

모든 항공사가 공통된 이야기는 아니겠지만, 자사는 이러했다. 비행을 시작하기 전, 훈련생들은 실제로 운항하는 비행기에 탑승해서 구석구석 살펴보며 심사를 받는다. 이때 훈련생들은 뇌 속에 가득 채워둔 답변을 술술 꺼내놓아야만 했다. 심사관은 체크 리스트가 적힌 파일을 들고 다니며 답변할 때마다 펜을 분주하게 움직였다. 동기는 녹음기를 틀어놓은 듯 답변을 기탄없이 내뱉었다. 하지만 나는 아니었다. 남의 떡이 커 보인다고 동기의 문제는 상대적으로 쉬워 보였다. 내게 주어진 문제들은 왜 이리 어려운지 입에 바느질해 놓은 듯 쉽사리 열리지 않았다. 동기의 눈을 간절히 바라보며 힌트를 달라는 신호를 보냈지만, 동기는 내 괴로움을 신경 쓸 여력이 없는 듯 보였다. 심사관의 눈치를 살피는 데에만 눈동자가 바삐 굴러다녔으니까. 답변을 빨리하지 못할 때마다 심사관은 한숨을 쉬었고, 한숨이 늘어갈 때마다 속은 바짝바짝 타들어 갔다.

"아, 나 이거 아는데."
"대신 대답하면 안 돼요."
"이것도 아는데!"
"지현 씨는 태도에 문제가 있네. 라인 올라가면 많이 혼나겠다. 본인 거나 대답 잘하세요."

'도대체 왜 기억이 안 나는 거야!'

속 시끄러운 마음은 문제의 시초가 되었다. 혹여나 심사에서 떨어질까 봐 조바심이 났다. 그래서 나도 모르게 혼잣말로 웅얼거리며 아는 기색을 내비친 게 태도의 문제까지 번졌다. 심사관은 그런 내게 너나 잘해를 외쳤고, 그 후로 더욱 움츠러들고 머리가 새하얘지며 답변하는 데 쩔쩔맸다. 언뜻언뜻 떠올랐던 기억들마저도 심사관의 따끔한 한마디에 초기화가 됐다. 그래도 두 달간 AI 훈련을 마쳤는데 설마 하나도 대답을 못할 리가! 어찌어찌 심사를 마치고 안도감에 온몸의 힘이 빠졌을 때, 심사관이 남자친구 이야기를 꺼냈다.

'네? 저희 오늘 초면인데요…?'

'혹시 이것도 심사의 일부인 건가?'

'사적인 얘기를 아무렇지도 않게 하신다고요…?'

이번에도 속마음을 소리 내어 외칠까 봐 침을 꿀꺽 삼켰다. 그리고 골똘히 추론하며 표정 관리하고 있는데 동기의 맞장구가 들렸다.

'어떡하냐니!'

'괜찮으시냐니!'

당혹스러움에 표정이 일그러지기 직전인 내 옆으로 다시 심사관의 목소리가 들렸다. 갑자기 왜 이러는지 모르겠다며 진심으로 고민을 토로했다. 그 순간 동기의 맞장구에 감탄했다.

'아… 이게 사회생활이구나…!'

친분이 있던 한 오빠에게 항공사 입사 소식을 알렸을 때, 회사 가면 많이 혼날 거 같다고 했다. 무심코 던진 말이었겠지만, 알지도 못하는 미래를 가지고 오지랖을 부려가며 아는 체를 해대니 못마땅했다. 그런데 혼날 때마다 그 오빠의 목소리와 표정이 고스란히 떠올라 나를 따라다녔고 왜 그런 말을 했었는지 궁금하기까지 했다. '혼나길 바라지 않았다면 좀 알려주지!' 괜히 오빠에게 잘못을 덮어씌우며 홀로 투정을 부렸다. 사실 사회초년생 때 나를 눈엣가시 취급을 한 건 한둘이 아니었다.

"너보다 소현이랑 말이 더 잘 통해! 둘이 팀 바꿔라!"

"왜 사람이 말하는데 똑바로 안 쳐다봐!"

여행사에서 있을 적에 팀장님이 친구와 나를 비교하며 꼽을 줬다. 한번은 의자에 앉아 있는데 팀장님이 서서 말을 걸어왔다. 편히 앉아 눈만 위로 치켜떠 쳐다보는 모양새가 썩 좋아 보이지 않았다. 어릴 적 어른의 눈을 똑바로 바라보면 예의 없는 거라는 말을 들은 적이 있기 때문이었다. 그래서 팀장님이 말할 때 귀는 쫑긋, 눈은 다른 곳을 응시했더니 한 소리를 들은 것이다. 그 후로 허리를 곧추세우곤 두 눈으로 명확히 응시해서 두 번 다시 같은 꾸지람을 듣진 않았다. 하지만 눈은 마주 보되 똑바로 바라보는 건 안 된다는 게 대체 어느 나라 말인지 모르겠다. 이걸 누가 이해하냐고!

사회생활도 하다 보면 는다는데, 나는 여전히 어렵다. 아부하고 입바른 소리를 내뱉는 것도, 타이밍에 맞춰 적절한 액션을 취하는 것도. 사회생활과 관련된 도서가 쏟아져 나오는 걸 보면, 비단 나만 어려운 건 아닌 거 같다. 『데일 카네기 인간관계론』이 베스트셀러로 역주행하는 거 보면 모르겠냐고! 이렇게 다들 어려워하는데 그냥 서로 쉽게 쉽게 가면 안 되나? 아무래도 안 될 것 같아서 내가 먼저 놓아버렸다. 사회생활 까짓것 못하면 되지 뭐!

<성공과 실패를 넘나드는 너에게>

사람은 모두 다르다는 말 들어보셨나요? 살아온 환경, 가치관 등에 따라 다를 수밖에 없다고. 그래서 같은 상황을 두고도 견해차가 발생하잖아요. 네가 잘못했네, 내가 잘했네 하면서요. 사회생활은 '당신 말이 다 맞아요.' 할 게 아니라면, 욕심 내려놓는 걸로 협의 봅시다. 여기서 딱 정한 거예요!

## 혼자 살기로
## 자립심 키우기

훈련생 때는 집에서 먼 어느 대학교로 출퇴근했다. 버스와 지하철을 합쳐 총 3번을 환승하고 1시간 30분이 걸렸다. 뾰족구두와 정장 차림으로 오가는 게 쉽진 않았지만, 고작 두 달 때문에 거처를 구할 수는 없었다. 이내 고단한 훈련 방식을 감당하지 못하고 5분 거리에 있는 한 고시텔에 들어가게 됐지만. 왕복 4시간이 걸리면서도 꿋꿋이 지하철을 타는 동기, 나처럼 고시텔에서 생활하는 동기, 오피스텔에서 사는 동기 등 출퇴근 방식은 각기 다양했다. 나는 첫 자취 생활이 1평짜리 고시텔이라는 게 썩 좋지 않았다. 침대에서 일어나면 앞에는 책상, 왼쪽에는 화장실, 오른쪽에는 문. 좋지 않은 수압과 냄새나는 화장실. 방음이라고는 찾아볼 수 없는 시끄러운 소리와 수납공간이 부족해 훈련실 사물함에 물건을 배분하는 상황까지. 모든 게 불편했다.

퇴근하면 심신이 지친 상태인데도, 불편한 고시텔에 들어가기는 고역을 치르듯 싫었다. 그래서 퇴근하면 매일 카공족처럼 카페에서 시간을 보냈다. 매장 영업이 종료되어야 고시텔로 기어들어 가, 잠을 청했다. 그래도 두 달만 버티면 이 지긋지긋한 공간에서 벗어날 수 있다는 희망이 있었다. 옆방에 동기가 있다는 안정감 그리고 출퇴근할 때의 편의를 생각하면, 불평할 수 없는 숙박시설이었다. 발 디딜 틈 없이 비좁은 고시텔에서 훈련생 생활을 마친 후, 짐을 싸 들고 향한 곳은 본가가 아니었다. 강서구에 있는 오피스텔에서 살겠다며 부동산을 찾아갔다. 아빠는 내가 사기당할까 봐 시름을 놓지 못하더니, 계약서에 도장을 찍는 순간까지 함께했다. 아빠는 나 혼자 살 곳이니 집에 대해 일언반구도 하지 않았다. 마음에 들지 않는다고 하면 뒤돌아서는 다른 집을 보기 위해 전전했다. 단지 치안은 괜찮은지, 집의 컨디션은 나쁘지 않은지 확인할 뿐이었다. 입주를 결정한 곳은 자그마했지만, 신축이라 깔끔해서 마음을 사로잡았다. 월세라 한 달 고정비가 조금 부담됐지만, 붙박이장이 있어서 가구라곤 침대만 들이면 되니 합리적인 결정이었다. 반짝거리는 내 눈을 확인한 아빠는 여기로 결정하겠냐며 마치 본인이 집을 마련해주는 양 행세했다. 하지만 부모님의 돈은 한 푼도 보태지 않고 오로지 자비로 마련한 집이었다. 이제야 비로소 '집'이라 말할 수 있는 첫 자취 생활을 시작한 것이다.

"식사하셨어요?"

회사에서 직원과 눈이 마주치면 던지는 흔한 멘트이다. 이미 어디 사는지, 반려동물을 키우는지, 결혼은 했는지 등 웬만한 정보 수집은 끝나 물어볼 질문이 딱히 없기 때문일 테다. 아니면 우리나라는 워낙 식사에 예민한 민족이니 'Hi, how are you?' 같은 느낌일 수도 있겠다. 그런데 승무원은 매번 다른 직원과 근무해서 다양한 주제로 대화를 나눌 수 있다. 초면에 해서는 안 되는 질문이 있으니 깊이 있는 이야기 대신 가벼운 질문을 던진다. 그 수두룩한 질문 중 하나는 거주지였다.

"어디에 사세요?"

"강서구에서 자취하고 있습니다."

"본가가 어딘데요?"

"과천입니다."

"응? 가까운데 왜 자취해요?"

강서구에서 자취한다고 하면 늘 되돌아오는 질문이 본가의 위치였다. 지역을 말하면 가까운데 왜 혼자 사냐는 말이 재차 이어졌다. 이제부터 말할 그 이유는 퇴사하기 전까지 녹음기 틀어놓듯 했던 대답이다. 말할 때는 늘 뇌에 필터링을 거쳐야 하는데, 이것만큼은 뇌를 빼놓고 이야기할 수 있을 정도로 누차 들은 질문이었다. 자취하게 된 계기는 교통편이 좋지 않아서 통근이 버거울 것으로 판단했기 때문이었다. 지하철로 넉넉잡아 1시간 30분이 소요됐고 캐리어를 끌고 환승하는 일은 만만치가 않았다. 공항버스는 1시간에 1대만 다녀서 하는 수 없이 출근을 일찍 했다. 반대로 퇴근할 때 버스를 놓치면 1시간을 기다려야 해서 연장 근무하는 기분이었다. 차비와 수고로움을 감안한다면 자취하는 게 백 번 천 번 옳았다. 게다가 새벽 4시 언저리에 출근하는 스케줄이 무수한데, 멀다는 이유로 가뜩이나 짧은 수면 시간을 더 줄여야 했으니 건강에도 좋지 않았다. 여기에 더해, 가족들도 나로 인해 시끌벅적해서 편히 잘 수 없으니 여러모로 똑똑한 결정이었다.

첫 자취 생활은 생각처럼 쉽지 않았다. 별일 아니라고 생각했던 밥, 빨래, 청소는 이제 내 몫이었다. 할 줄 아는 요리라곤 라면과 계란프라이뿐이라, 갖가지 종류의 라면류와 햇반 그리고 달걀로 찬장을 채웠다. 세탁기를 작동할 줄은 알지만 1인분은 처음이라, 세제의 양과 옷감을 적절히 배분하는 일도 애를 먹었다. 바닥 쓸고 닦기, 썼던 물건을 제자리에 놓기쯤은 식은 죽 먹기였지만, 화장실 청소는 빨간 고무장갑을 끼고 멍하니 쳐다봐야만 했다.

한 달에 절반 이상은 해외에 있어서 집에 거의 없는데도 남들과 똑같이 내야 하는 월세가 살점이 떨어져 나가듯 아까웠다. 내 피 같은 돈을 바닥에 버리는 느낌이랄까. 입주할 때만 해도 반짝반짝 빛나 보이던 남색 몰딩이 어느새 답답하게 목을 조여 왔다. 모든 게 준비된 공간에 나 혼자 들어와 있는 게 왠지 내 것이라곤 하나도 찾아볼 수 없는 남의 집처럼 보였다. 비행기 이착륙 소리 외에 들리지 않는 고요한 분위기는 가족들의 목소리로 떠들썩한 집을 떠올리게 하기도 했다. 결국 설렜던 첫 자취방과의 계약을 중도 해지하고 본가로 거처를 옮겼다.

본가로 들어갔다가 다시 자취하게 된 건 늘 대답했던 저 이유를 몸소 체감했기 때문이었다. 익숙해지지 않을까 희망을 걸었지만, 1년이 최선이었고 예상보다 훨씬 힘들었던 기간이었다. 요즘에는 여행 시즌이랄 것 없이 늘 공항에 사람이 붐빈다. 너 나 할 것 없이 떠나는 여행객 때문에 공항버스도 자리가 없을 때가 많았다. 정류소에 도착한 순서대로 버스에 타는 게 인지상정! 자리가 없으면 후일은 본인의 몫 아니던가! 이러한 상황에 대비해 늘 일찍 나와 공항버스를 기다리고 있었다. 그런데 자리가 없어서 누군가 양보해야 한다는 기사님의 말에 사람들은 전부 유니폼을 입은 나를 쳐다봤다. '여러분 제가 먼저 왔는데요? 만약 제가 만약 여러분 비행기에 타는 승무원이면, 저 없이 비행기가 출발을 못해요!'라고 말하려다 참았다. 양보하지 않는 행동이 회사의 이미지를 실추시킬까 봐 그저 웃으며 뒤돌아 지하철을 타러 뛰어갔다.

이런 상황은 지하철에서도 매한가지였다. 어느 날 만석인 지하철을 타고 있었는데, 어떤 아주머니가 앉아서 가고 있는 나를 가리키며 여기 자리 있다며 소리쳤다. 그 순간 내가 투명 인간인가 싶었다. 그날 역시 자리를 피해줬지만 불쾌했다. 비행기 내에서나 서비스직이지 다른 대중교통에서까지 친절해야 하는 건 아니지 않나? 배려를 당연시하지 않았으면 좋겠다는 마음을 품고 출근한 그날, 아마 서비스 마인드는 그 지하철 칸에 두고 내린 듯했다. 나도 사람인데 이런 일을 겪고 마냥 웃을 수야 없지 않겠냐고!

퇴근하고 놀러 간 동기의 집은 꽤 넓고 자기의 물건들로 채운 공간이 아늑했다. 우와— 하고 감탄사를 연발할 만한 좋은 집은 아니었지만, 나도 여기서 살고 싶다는 생각이 번쩍였다. 그리고 그날 부동산에서 매물을 보았다. 그곳은 바로 동기와 같은 오피스텔, 같은 층! 완전 운명 아니냐며 단번에 계약을 맺었다. 이번에 구한 집은 전셋집이었다. 대출받은 금리는 1.2%로, 착실히 모은 돈을 제외하고 나면 이자로 나가는 돈이 10만 원도 채 안 되니 두말할 것도 없었다. 본가는 재건축이 시급한 구축 건물이었다. 그런 집에서 살다 와서인지 1999년에 지어진 이 오래된 오피스텔이 허름해 보이지 않았다. 오히려 익숙했다고 하는 편이 더 적절했다. 동기처럼 내 물건을 들여다가 꾸민 나만의 공간이 아름답게 보이기까지 했다. 붙박이도 없어서 인테리어가 질린다면 언제든지 구조 변경을 할 수도 있고, 월셋집은 6평인데 이곳은 8평이라 더 넓어졌다는 점도 좋았다.

1평짜리 고시텔에서 단 두 달 만에 월셋집으로, 이후 일 년이 채 지나지 않아 전셋집으로 업그레이드했다. 평생 부모님 댁에서 기생충처럼 얹혀살 줄 알았는데, 이른 시일 내로 휙휙 변해가는 환경 때문이었을까? 금세 아파트로 이전하고, 그 후로 몇 년이 더 흐르면 금방 내 집 마련도 할 수 있을 거란 기대에 부풀었다. 하늘 위에서 땅을 바라보면 크고 높게만 보였던 건물들이 장난감처럼 작게 보인다. 그래서 입사 초반에는 '그래, 저 많은 집 가운데 내가 살 집 하나 없겠어?'라고 생각했다. 퇴사하기 직전에는 '저 많은 집 중에 내 집 하나 갖기 어렵네.'라는 생각으로 바뀌었지만. 세상일이라는 게 그렇지 않은가. 계획한 대로 흘러가지 않는 법. 퇴사할 때까지 이 전셋집에서 묵묵히 계약을 유지했다.

〈성공과 실패를 넘나드는 너에게〉

당신은 혼자 살고 있나요? 저는 스스로 꾸려갔던 흔적들이 현실을 가르쳐 줬고 자립심을 키워줬어요. 밖에서 살면 돈 못 모은다고요? 일종의 투자라고 생각해 보세요! 어디까지 돈을 절약할 수 있는지, 인테리어 취향은 뭔지, 집안일은 잘하는지, 요리에 감각이 있는지 등 배워볼 기회니까.

## 모욕을 모욕으로 남겨두지 않기

어피는 좀처럼 늘지 않았다. 거울을 볼 때마다 이 얼굴로 선배들과 승객을 마주한다는 사실이 부끄러웠다. 뒤통수는 문어 대가리, 얼굴은 오징어임이 확실했다. 훈련생 때 느낀 좌절은 라인에 올라가서 더 깊어졌다.

"여기는 얼굴을 안 보고 뽑나 봐. 얼굴이 딸리네."

씩씩하고 밝게 인사하는 내게 총기를 겨눈 승객이 있었다. 50대 중년 남성이 내 얼굴을 보더니 일행에게 하는 말이었다. 그가 지칭하는 사람이 나라는 걸 확신할 수밖에 없었던 건, 비행기에 탈 때 가장 먼저 보이는 얼굴이 나였기 때문이다.

"탑승을 환영합니다. 반갑습니다."

손님의 말이 총알이 되어 심장을 관통했지만, 웃으며 이야기할 수밖에 없었다. 비행을 시작한 지 한 달도 채 되지 않았을 때 들었던 말인데 아직도 모든 게 생생하다. 그분의 목소리, 얼굴, 옷차림새, 가야 할 목적지, 날씨 등까지. 기억력이 좋지 않아 즐거운 기억은 죄다 잊어버리면서, 왜 이런 부정적인 일은 세세하게 기억하는 건지…. 무너진 건 자신감뿐만이 아니었다. 나를 무시했던 건 손님만이 아니었으니까. 어느 비행에서는 사무장님이 나를 전방에 방치시키고 비행기 후미로 가서 오랜 시간 돌아오지 않았다.

'무슨 일 생겼나?'

'뒤에 바빠서 못 오시는 건가?'

걱정과 의문에 일을 거들러 뒤로 이동했다. 열심히 한 걸음 두 걸음 내디딘 끝에 굳게 닫힌 회색 커튼 앞에 도달했고, 커튼을 열려고 하는 찰나 사무장님의 목소리가 들렸다.

"저런 애가 어떻게 승무원이 됐지?"

"쟤는 도대체 왜 저렇게 화장하는 거야?"

"어피 연습을 안 했나? 머리도 엄청나게 못해!"

선배들과 모여 나를 험담하고 있었다. 눈에는 눈물이 고였고 커튼을 열지 말지 고민했으나, 심호흡한 뒤에 웃으며 커튼을 열었다.

"수고하셨습니다! 바쁘시진 않으십니까?"

"네, 안 바빠요."

"혹시 도와드릴 일 있으십니까?"

"아니요. 없어요."

"네! 그럼, 전방 잘 지키고 있겠습니다. 수고하십시오!"

비참했지만 어쩔 수 없었다. 내가 부족한 걸 누굴 탓할 수 있을까. 앞에서 한숨을 푹— 내쉬며 승객을 응대할 때는 못난 얼굴로 웃음을 지었다. 사무장님이 다시 전방으로 왔을 때, 의자에 앉아 질문을 던졌다.

"대학생 때 뭐 했어요?"

"화장은 잘 안 하고 다녔어요?"

"본인이 화장 못 하는 거 알고 있죠?"

"거울 들고 본인 얼굴 비춰요.

반쪽만 할 거니까 양쪽이 뭐가 다른지 봐요."

대답을 듣고 있던 사무장님은 이내 화장품을 가져와 가르쳐주겠다며 거울을 보게 했는데 수치심과 직면하는 기분이었다. 승객의 편안한 휴식을 위해 불이 다 꺼진 비행기에서 작은 빛 사이로 수정되고 있었다. 쓱쓱 아무것도 아니라는 듯 그림을 그리는 손길을 보며 자괴감과 부러움을 동시에 느꼈다. 수치심은 덤이었지만, 중요한 건 화장하는 기술이지 감정이 아니었다. 뚫어지게 거울을 쳐다보며 눈에 불을 켜고 배웠다. 반쪽짜리 수정이었지만 한결 나아진 얼굴을 보고 부끄러움이 사그라지는 듯했다. 틈날 때마다 화장실에서 거울을 보고 따라 했지만, 글로 배운 연애처럼 실전은 달랐다.

"훈련생 때 뭐 했어요?"
"죄송합니다."
"이게 진짜 어피라고 해 온 거 맞아요?"
"죄송합니다."
"지현 씨는 승무원이 아니에요.
이렇게 하고 다니는데 어떻게 승무원이라고 할 수가 있어."
"죄송합니다."

어느 비행에서는 사무장님이 얼굴을 보더니 같이 비행을 못 갈 것 같다고 했다. 하지만 역시 할 수 있는 건 머리를 조아리며 연신 죄송하다고 외치는 것뿐이었다. 이게 최선이었다. 수정해도 똑같을 걸 알

앉기에 수정하겠다고 말할 수도 없었다. 그리고 어피도 비행 준비 중 하나인데 제대로 준비를 못했으니 죄송하다는 말이 합당했다. 그렇게 비행에 가기 전, 사무장님의 손을 탔다. 사무장님은 나를 의자에 앉혀놓고 양쪽에 선배님을 두고는 빗, 끈, 핀을 외쳐댔다. 마치 나는 수술 받는 환자, 사무장님은 수술하는 집도의, 선배님들은 의사를 보조하는 간호사 같았다. 매일 못난 꼴이 싫었는데, 변신시켜주는 사무장님에게 만세를 외치며 내 병을 고쳐주오~ 하고 몸을 내놓게 된 것이나 다름없었다. 비행에 가서도 사무장님은 어피에 대한 잔소리를 놓지 못했다. 서비스 업무가 끝난 뒤, 승객 휴식 시간이 되자 사무장님은 어피 하는 방법을 가르쳤다.

"자 봐요. 후까시[4]는 이렇게 넣는 거예요."
"머리를 묶을 때는 귀 뒤에 여기 라인 있죠.
여기를 쭉— 따라와서 묶어요."

이제는 잘할 수 있을 거 같다는 여유 넘치는 말을 뱉었지만 알고 있었다. 뇌만 이해했을 뿐, 몸은 절대 따라주지 않을 거란 걸. 사무장님이 너는 승무원이 아니라고 던진 말이 비수가 되어 꽂혔지만, 좋지 않

---

4) 후까시: 머리를 부풀려 풍성하게 만듦. 또는 허세를 부림

은 소리를 들었다고 해서 눈물을 질질 흘릴 수는 없었다. 그토록 바라는 꿈을 이뤘는데 이겨내야 하니까. 그토록 힘겨웠던 훈련도 마친 나였다. 비행이 끝난 직후 사무장님에게 울먹이며 진심을 전했다.

"말로만 못한다고 하지 않으시고, 직접 고쳐주시며 잘할 수 있도록 알려주셔서 정말 감사드립니다. 다음에 또 뵙게 된다면 그때는 꼭 발전해서 오겠습니다."

이후 비행하든, 하지 않든 매일 어피를 연습했다. 스프레이가 두피에 닿아 따끔거려 아플 때도 있고, 이마에도 뿌려 여드름이 올라오곤 했다. 하지만 열심히만 하는 게 아니라 잘하는 것, 피해가 되지 않는 것이 목표였기에 멈출 수 없었다. 머지않아 어피를 가르쳐준 사무장님과 또 스케줄이 나왔다. 출근 당일, 평소 준비하던 시간보다 1시간 더 일찍 준비했다. '오늘은 반드시 혼나지 말아야지!' 하는 다짐과 함께 스프레이 한 통을 머리에 전부 뒤집어쓰고 쇼업[5]을 완료했다. 그런데 사무장님은 아무 말도 하지 않았다. 어피가 늘었다거나 여전하다거나 못했다거나 등 어떠한 말도. 피드백을 받고 싶어서 슬쩍 얘기해볼까 했지만, 되레 좋지 않은 말을 들을까 함부로 입을 열지는 못했다.

---

5) 쇼업(show-up): 회사에 출두한 사실을 밝히는 것

"지현 씨, 혹시 어피로 혼났던 사람이에요?"

"네? 네… 맞습니다."

"어피가 너무 늘어서 같은 사람인지 몰랐어!

말하지 그랬어! 엄청나게 잘했네~."

"아직 부족하지만 칭찬해 주셔서 감사합니다!"

"지현 씨처럼 노력하면 예뻐할 수밖에 없지."

사무장님이 먼저 입을 열어 기억을 더듬었다. 이어 환한 미소로 기특하다는 듯 말하니 그간 묵은 체증이 싹- 내려갔다. 그동안 받았던 상처도 사르르 녹아내리며 마음속에 꽃이 피는 듯했다. 이제 나도 꽃밭 속의 해충이 아닌 꽃을 담당할 수 있겠구나 하고. 사무장님은 이후에도 항상 친절하게 대했고, 퇴사 이후 밖에서 밥도 사주며 창창한 미래를 응원해 주었으니 진심으로 아껴주었다는 건 모를 수가 없었다.

99%는 지적만 하지만, 몸소 가르쳐준 1%의 두 분에게 진심으로 감사하다. 상사라고 하더라도 누구든 싫은 소리를 하는 게 달갑지 않다는 걸 안다. 엄연히 따지자면 남의 일이라 입만 뻥긋하면 되는 일을 직접 가르쳐주는 게 수고로운 일이라는 것도 안다. 그런데 두 사람에게 똑같이 혼나고 똑같이 가르침을 받은 기억 속의 결론은 다르게 남았다. 화장으로 혼을 낸 사무장님과는 어색한 사이가 되었고, 머리로

혼을 낸 사무장님과는 아낌없이 응원하는 사이가 되었다. 왜였을까?

나무랄 때 할 말을 다 하더라도, 칭찬할 부분 또한 아낌없이 이야기한 것 때문이었다. 부족한 점투성이인 신입에게 작은 칭찬 한마디는 그날의 기분을 좌우한다. 더 열심히 하고 싶다는 의지를 북돋아 주고, 실수를 줄일 수 있는 자신감을 심어준다. 더불어, 상사의 태도만큼 그 가르침을 받아들이는 내 태도도 중요하다. 듣기 싫다고 꾸짖음을 한쪽으로 흘려보내거나 지겨워할 게 아니라, 언제고 가르침을 받을 준비가 되어 있는 자세. 진심으로 반성하는 자세 말이다.

화장은 거북이가 기어가는 속도로 느리게 향상되었다. 느는 건지 마는 건지 포기하고 싶은 심정이 분수 터지듯 솟구쳤다. 반면에 어피는 차츰 나아지자 신이 났다. 이전까지는 부끄러워서 유니폼을 입고 사진을 찍지 않았다. 그래서 동기들이 SNS에 유니폼을 입고 사진을 올릴 때마다 부러운 시선을 거두기 어려웠다. 분명 같은 위치에 있지만 마치 나는 승무원이 되지 못한 사람처럼 느껴졌으니까. 그런데 이제는 할 수 있을 것 같았다. 화장이야 애플리케이션 필터가 알아서 해줄 테고 머리만 잘 손보면 되지 않나? 사진을 올리자 동기들은 어피가 많이 늘었다며 칭찬했다. 이제 나도 어피 잘할 수 있다! 소리 지르고 싶었지만, 밖이라 내적 댄스로 기쁨을 만끽했다. 이제는 당당하게 회사에 다닐 수 있겠다는 사실에 기분도 한껏 들떴다. 앞으로 더 깔끔하고 예쁘게 하겠다고 결의를 다지며 흐뭇한 미소로 사진 속 나를 쳐다보았다.

<성공과 실패를 넘나드는 너에게>

드라마에서 얼굴에 서류 던지는 장면을 봤어요. 와, 진짜 모욕적이다! 생각했죠. 그런데 제 일이 되니 견디기 어렵더라고요. 이걸 참아? 싸워? 아뇨. 둘 다 좋은 방안이 아니더라고요. 제 노력으로 바꿀 수 있는 부분은 바꾸면 되는 거였어요. 노력해 보지도 않고 모욕을 그대로 남겨두지 말자고요!

## 노력의 결실을 기대하지 않기

"합격을 축하합니다."

이 문장을 보았을 때, 기쁨의 눈물을 흘렸던 것이 엊그제 같다. 그런데 행복은 그리 오래가지 않았다. 세상을 다 가진 것 같았던 기쁨은 훈련생이 되자마자 눈 녹듯 사라져 버렸으니까. 어피 실력이 향상돼 기쁨을 느꼈던 것도 잠시였다. 회사에서 느닷없이 '어피 자율화'라는 혁신을 외쳤기 때문이었다. 더는 머리에 스프레이를 뿌리지 않아도 되는 상황이 발생했다. 나는 바짝 틀어 올린 머리 보다 풀어헤친 게 더 잘 어울렸다. 그리고 어피를 능수능란하게 다루지 못했기에 누구보다 기뻐할 일이었다. 하지만 왠지 억울했다. 지금껏 혼난 기간과 마음고생을 한 것들을 생각하면 말이다. 뒤떨어지는 손재주로 노력한 결과가 자율화라니…. 믿기 힘들었다.

한국 어디에도 없는 첫 시도였기에, 승무원들도 해당 사안을 두고 찬반 토론이 이어졌다. 승무원의 특징인 쪽머리를 버리는 게 맞는 것인가, 회사의 이미지가 안 좋아지지 않을까 등의 우려도 있었다. 신입이니 눈치를 보며 머리를 질끈 묶고 출근했지만 이미 자율화는 시행된 뒤였다. 나처럼 동향을 살피는 직원도 있었지만, 대체로 남녀랄 것 없이 머리 스타일이 가지각색으로 변했다. 누구는 빨간색으로 염색하고 양쪽으로 머리를 땋은 채 빨간 머리 앤처럼 출근했다. 누구는 탈색에 똑 단발을 겸했고 누구는 브리지로 염색했다. 누군가는 시시때때로 색을 바꾸며 분위기를 전환했고 남자 승무원은 머리를 길게 길렀다. A4 용지에 사례로 가득 채울 만큼 갖가지 목격담이 발생했다. 승무원들을 보고 있자니, 휘황찬란한 머리들 사이로 누가 더 독특한 머리를 하나 대결하는 듯했다. 마치 고등학교를 졸업하고 청소년에서 해방된 스무 살이 누가 더 재밌게 노는지 대결하는 것처럼 말이다. 혹은 경찰이 여성의 미니스커트 길이와 남성의 머리카락 길이를 측정했던 시절에서 해방된 1970년대 사람처럼 보이기도 했다.

눈치 게임에 성공한 나도 곧 머리를 볶은 채 출근했지만, 동시에 발현된 것은 승객들의 불만이었다.

'단정하지 않고 지저분해 보인다.'

'음식에 머리카락이 들어가면 어떡하느냐.'

'머리를 풀면 비상 상황 시에 머리카락이 다 날려서 시야 확보를 못하면 어떡하느냐.'

대체로 부정적 반응이었다. 물론 긍정적인 이야기도 있었다.

'자유로워 보여서 좋다.'

'얼굴이 더 예뻐 보인다.'

'유니폼도 머리카락처럼 자유롭게 바뀌면 좋겠다.'

고객 입장에서는 부정적인 의견이 상대적으로 우위를 점했고, 회사는 이러한 논쟁에 발 빠르게 대처해 매뉴얼을 제정했다. 식음료 서비스할 때는 머리를 묶는 것으로 규정이 개정되었고, 통일성을 위해 머리핀과 끈을 주며 사용을 유도했다. 매뉴얼을 새로 만들었다지만, 머리를 묶는 모양새가 명확히 정해져 있지 않아 쪽머리처럼 깨끗한 느낌을 줄 수 없었다. 특히 여성은 대개 머리카락이 길어서 떨어지면 눈에 잘 띈다. 그런데 머리를 풀어헤치니 유니폼에 꼭 한 가닥씩 달라붙어 있어서 인상을 찌푸리게 했다. 게다가 유분기가 없는 푸석푸석한 머리는 아무리 관리한다 해도 깔끔해 보이기 어려웠다.

하지만 저건 고객 관점이고, 승무원 입장에서 보면 장점이 대단했다. 우선 더 이상 스프레이로 인한 두피 손상이 없었다. 근무 후에 약속이 있으면, 머리를 감고 다시 외출을 준비했는데 이제는 옷만 갈아 입고 가면 된다는 편리함도 추가되었다. 여전히 쪽머리를 유지하는 타 항공사 직원에게 부러움을 사기도 했으니, 우리 회사 직원들은 쌍수 들고 환영할 일이지 않았을까. 게다가 나는 헤어 디자이너가 숱을 보고 놀랄 만큼 모량이 빼곡하다. 숱이 헤어 망을 견디지 못하고 자주 찢어져서 남자만큼 미용실을 찾는 빈도가 잦았다. 스케줄이 바빠 헤어숍에 가지 못할 때면, 망을 여러 겹 씌웠는데 올림머리가 두상의 크기에 비해 커서 이상했다. 이처럼 나 같은 사람에게는 고충을 해결해 준 획기적인 혁명이었다.

원래 혁신은 초반에 엉망진창처럼 보여도, 자리가 잡히면 단점은 가려지고 장점이 드러나기 마련이다. 한동안 시끄러웠던 논란도 잠재워지고 모두 적정선을 유지하며 예쁘게 다니게 된 지금, 다시 어피 하던 때로 돌아가라고 하면 혀 깨물고 죽을지도 모르겠다. 경험하지 않았다면 모를까, 수많은 장점을 경험했는데 어떻게 돌아갈 수 있겠는가! 그건 마치 스마트폰을 사용하다가 2G폰으로 변경하라고 하는 것과 같은 이치인 것을. 나는 회사에서 근무하며 쪽머리 때문에 아픈 말들을 듣고 좌절을 겪으며 매우 힘들었다. 이제 쪽머리도 손에 익었겠다, 툭툭 털고 일어나 빛을 발할 차례였다. 그런데 일어나자마자 길을 없애버리다니…. 빛은 보게 해주고 없애야 안 억울할 텐데! 아이러니~ 말도 안 돼~ 말도 안 되는 말 정말~.

<성공과 실패를 넘나드는 너에게>

모델 한혜진 씨가 이런 말을 했어요.

"제 의지로 바꿀 수 있는 게 몸밖에 없더라고요."

누구든 노력하면 그에 상응하는 보상을 바라요. 하지만 세상은 뜻대로 돌아가지 않고, 기대하면 실망만 클 뿐이죠. 최선을 다하면 후회도 없는 법!

실망할 수는 있어도 후회는 없어야 하지 않겠어요?

## 행복은 곁에 있음을 기억하기

겨울철 한파는 비행기 운항에 크게 문제가 되지 않는다. 눈! 특히 폭설이 관건이다. 군인은 눈이 내리면 쓰레기 치우러 가야 한다고 하던가? 승무원도 동문 이하다. 물론 승무원은 직접 치우지 않고, 기계가 동체 위에 얹힌 쓰ㄹ…. 아니 눈을 치우지만 과정이 꽤 복잡하다. 어떻게 치우냐면…. 방법은 궁금해하지 않을 테니 각설하고, 눈 때문에 한국에 돌아오지 못한 사건을 이야기하려 한다.

때는 2017년 12월 어느 날이었다. 눈이 펑펑 내리다 못해 하늘에 구멍이 뚫린 탓에 모든 비행기가 결항한 날. 인천공항에는 모든 사람이 발 묶여 오도 가도 못하고 있었고, 승객을 포함한 항공사 직원 모두가 각자의 게이트 앞에서 눈이 멈추길 기도했다. 의자는 만석이었고 길바닥에 짐을 풀고 앉아 있는 지경에 이르렀다. 사람들 사이로 걷는 게 힘들 정도로 공항은 인산인해였다. 어느 회사든 출근하면 밥 한 끼는 주지 않던가. 식사할 시간이 훨씬 지났음에도 비행기에 오르지 못하자, 기장님이 공항에서 사 먹자고 했다. 하지만 백방으로 돌아다녀도 음식이 전부 절품되어 아무것도 먹을 수 없었다. 긴 기다림에 술판을 벌이는 사람도 있었고 체념한 듯 잠을 자는 사람도 있었다. 공항의 이런 상황이 상상이 가는가?

난생처음 겪는 상황이자 아직까진 마지막 경험으로 남아 있는 이 날은 라인에 올라간 지 얼마 안 돼서인지 흥미로웠다. 해결 방안을 찾느라 핸드폰과 서류를 들고 정신없이 쏘다니는 직원들을 보며 우와…! 커리어우먼 같다! 감탄사를 내뱉었을 정도로 심각성을 잘 몰랐다. 정확히 기억나지 않지만, 운항이 재개되기까지 8시간을 대기해서 집으로 돌아갈 줄 알았다. 일반적으로 직장인은 9시간 근무하면 퇴근하니까 당연하게 생각했는데, 달달 외운 업무 교범에서는 아니란다. 그래서 후쿠오카에서 오키나와로 목적지만 교체될 뿐 그대로 비행에 나서야 했다.

대기하느라 진이 다 빠졌는데, 비행 소식에 다시 긴장감이 돌았다. 말했다시피 비행을 한 지 얼마 되지 않았던 때여서, 실수를 밥 먹듯이 했으니 긴장할 수밖에! 실수를 최소한으로 줄일 수 있도록 돕는 건 외워 온 정보뿐이었다. 그런데 목적지가 달라지자 승객 정보와 비행 기종 등 모든 것이 바뀌어 진땀이 났다. 시험에는 공부한 내용이 나오니까 안심할 수 있었던 건데, 지금은 모르는 내용의 시험을 치러야 했다. 게다가 손님의 컴플레인까지 대처하라니 신입한테 너무 가혹한 상황 아니냐고!

날씨 탓에 지연된 걸 승객들도 알지만, 사과는 하늘이 아닌 내가 해야 했다. 그래도 이 사람들은 원하는 행선지에 갈 수 있다는 것만으로도 천만다행이었다. 문제는 오키나와 공항의 영업 종료로 한국에 돌아갈 수 없는 손님이었다. 한국에서는 폭설 때문에 지연된 것을 육안으로 목격했지만, 일본은 눈이 오지 않아 한국의 상황을 알 턱이 없었다. 늦게 온 것도 성질나는데 영업 종료로 돌아갈 수 없다니…. 승객들은 다음 날 아침에 다시 오라는 회사의 지침에 화가 머리끝까지 났다.

한편 나는 고객과 정반대의 처지에 있었다. 일본은 근접국이라 퀵턴[6] 비행만 있는데, 폭설 덕분에 일본에서 하룻밤 잘 기회가 생겼으니까! 일본을 방문해 본 것이 처음이라 신나서 덩실덩실 춤이라도 추고 싶었다. 8시간 대기한 거? 지연 수당이 없어 8시간을 공짜로 일한 셈이

---

6) 퀵턴(quick-turn): 비행기가 목적지에 도착하면, 내리지 않고 다시 출발지로 돌아오는 것

지만 나한텐 일본 땅을 밟는다는 사실만으로 보상이었다. 공항의 영업이 종료될 만큼 늦은 시각을 가리키고 있던 시계는 밖에 혼자 다닐 수 없다는 의미를 가리키기도 했다. 고생했다며 서로의 어깨를 토닥이던 중 기장님의 권유로 다 같이 라멘을 먹게 됐다. 크루들은 영혼과 육체가 탈탈 털려 당장 눈을 감으면 기절할 것 같았다. 나 또한 지친 모습이 역력했지만, 일본 땅을 밟자 흥분되어 기력이 완충됐다. 지금 일본에 있다니! 음-하하하! 새어나가는 웃음을 참고 포커페이스를 유지하느라 힘들었다.

해외에서 체류하면 2인 1실을 사용하는데, 일본은 방 크기가 작아서 1인 1실을 사용한 것도 행복을 더했다. 처음 가는 일본 호텔, 가까운 우리나라와 전혀 달랐던 일본풍 인테리어. 모든 게 신기했다. 일본에 처음 온 사실을 밝힌 까닭이었는지 아침에 기장님이 편의점에 가자고 했고, 거절할 이유가 없던 나는 부리나케 뛰쳐나갔다. 일본은 편의점에 맛있는 음식이 많기로 저명하다. 그런데 사전 조사도 없이 갑작스레 온 것이니 새로운 문명을 맞이한 것처럼 눈이 휘둥그레졌다. 세상 맛있어 보이는 음식이 편의점에 다 있다니…! 나오기 전에 추천템 좀 찾아보고 나올걸!

물론 좋은 점만 있었던 건 아니다. 원래는 출근과 퇴근이 하루에 다

이루어져야 했던 비행이었기에 잠옷, 씻을 세안용품, 다시 할 화장품, 어피 용품 등이 없었으니까. 이 모든 걸 전부 구매할 수도 없지 않은가. 그래서 머리는 감지 않고 그대로 스프레이를 덧대 깔끔함을 유지했고, 승무원끼리 모여 화장품이 뭐가 있는지 확인한 후에 서로의 것을 빌려 화장했다. 어제 미처 한국에 돌아가지 못한 승객들은 생각만큼 컴플레인이 심하지 않았다. 어젯밤 공항 사이를 요리조리 빠져나간 우리가 아침부터 다시 돌아오는 걸 목격해서였을까? 아니면 한국의 폭설이 생각 외로 심각했다는 소식을 접한 것이었을까? 이유는 모르겠지만, 자비를 베풀어 주셔서 감사합니다!

그나저나 뭣도 모르고 갑자기 먹은 라멘이 진짜 맛있었는데…. 이제는 일본에 가서 어떤 라멘을 먹어도 그 맛이 나지 않는다. 사실 그 가게도 평범한 라멘집 중 하나였을 텐데. 만약 지금 똑같은 상황을 겪어도 웃으며 즐거워할 수 있을까? 아마 다른 에피소드를 쓸 것 같다.

'지연돼서 화나고! 눈이 너무 싫고! 맛집 가는 데에는 다 이유가 있다! 내게 왜 이런 고난이!'

바보 같다. 행복은 내가 어떻게 바라보느냐에 따라 얻을 수 있는 것인데, 이때 빼고는 다 부정적인 에피소드를 썼다는 게. 그래서 이처럼 행복한 추억이 될 수 있는 것도 힘든 기억으로 먹칠한 게.

〈성공과 실패를 넘나드는 너에게〉

행복할 수 있는 상황에서 불만을 토로한 적 있나요? 우리는 늘 행복하기 위해 무언가를 더 원해요. 더 맛있는 음식, 더 좋은 곳, 더 예쁜 것. 하지만 얻고서도 불만을 토로하죠. 사실 행복은 늘 곁에 있어요. 다른 곳에서 찾지 않아도, 언제나 내 옆에. 익숙함에 속아 소중함을 잃지 말자고요!

## 다른 사람을 함부로 재단하지 않기

회사에서는 보편적으로 '사수'를 담당하는 선배가 있다. 자사도 이와 유사한 멘토 · 멘티 제도가 있다. 라인에 올라갈 때 멘토가 지정되는데, 보통 멘토 한 명당 두 명의 멘티를 도맡는다. 멘토가 지정된 날, 훈련생들은 모두 긴장감에 휩싸였다. 가장 먼저 이야기를 나누게 될 선배가 멘토이니 첫 단추를 잘 끼워야 한다는 심정이었을 테다. 그리고 입사할 때부터 소문으로 전해 들은 무서운 선배에게 배정될 수도 있으니 두려웠다.

'왜 연예인을 안 하지?'

의문이 들 만큼 얼굴에서 빛이 나는 멘토 선배님을 배정받았다.

'보자마자 너무 예뻐서 연예인인 줄 알았다.'

마치 너만 그렇게 생각한 게 아니라는 듯, 이렇게 서두를 장식하는 칭송도 있었다.

선배님은 일도 뛰어나게 잘했다. 승무원을 하기 위해 태어난 사람처럼 뚝딱뚝딱 처리했으니까. 단지 신입이어서 그렇게 느낀 게 아니었다. 퇴사할 때까지 수많은 선후배를 만나보았지만, 단언컨대 내 기준에서 다섯 손가락에 꼽을 정도로 일을 똑 부러지게 했다.

비행 때마다 멘토 선배님 이름을 내 이름보다 더 수두룩하게 물어본 듯싶다. 멘토 선배님은 예쁘고 일도 잘했기에 이름을 말할 때마다 자랑스러웠지만, 긴장감도 함께 돌았다. 멘토 이름은 일상적으로 던지는 질문 중 하나였지만, 멘토에게 피드백을 전달하려고 묻는 사람도 있기 때문이었다. 늘 실수가 잦은 한낱 신입에 불과했으니, 질문의 횟수만큼 근심도 늘어갔다. 그리고 나로 인해 선배님이 피해를 볼까 봐 항상 노심초사했다. 질문에 대답을 안 할 수 있으면 참 좋으련만.

멘토 · 멘티 제도는 교육 후에도 교관님이 일일이 가르쳐줄 수 없어서 도입되었다. 비행 때에 달라붙어서 알려줄 누군가가 필요하니까. 처음으로 스케줄을 받았을 때, 멘토 선배님의 이름이 거의 보이지 않았다. 나와 동일한 멘토를 배정받은 다른 동기만 계속 함께 나왔다. 선배님은 나와 체류지에 간 적도 없고, 짧은 비행 몇 번이 전부라 멘토라 부르기도 애매했다.

"요즘 비행하면 선배님들께서 피드백을 뭐라고 주세요?"

"잘한다고 칭찬받고 있습니다! 별다른 피드백은 없으셨습니다!"

"지현 씨가 잘하는 게 아니에요. 그냥 신입이니까 참고 넘어가시는 거예요. 더 열심히 하세요."

'자기가 본 것도 아니면서 왜 저렇게 말한담?'

'만날 실수하는 것만 봐서 그렇지 나도 잘한다고!'

'칭찬받는다는데 잘하고 있다고 좋게 말할 수는 없나?'

'반드시 잘하는 모습을 보여주고 말리라!'

바람과는 다르게 선배님은 멘토 기간 내내 칭찬 한마디 하지 않았다. 도리어 늘 잘하지 못한 부분을 꼬집어 말했다. 유심히 나를 살피는 선배님과 비행할 때면, 잘못하면 안 된다는 생각에 안 하던 실수까지 보태는 결과물을 보였지만. 이후로도 몇 년이 지나도록 선배님과 스케줄이 나오면 긴장을 늦추지 않았다. 늘 가능한 한 최선을 다해 준비하고, 매뉴얼까지 들춰보며 공부한 후 비행에 임했다. 그런데 신입 때처럼 긴장된 나와는 다르게, 차갑게만 보였던 선배님은 달라졌다. 이제는 너무 당연하고, 사소하고, 작은 것까지 칭찬을 아끼지 않았다. 마치 이전에 담아두었다가 못 해준 칭찬까지 다 해주는 것처럼. 분명 본인 눈에 차지 않는 구석이 있었을 텐데도, 그저 칭찬만 보탰다.

선배님은 예쁜 얼굴만큼 마음이 따뜻했다. 초창기에는 멘토의 책임감으로 하나라도 더 알려주기 위해 칭찬을 아꼈던 것 같다. 나와 비행을 나오지 않아서 잘 알려주지 못했던 게 마음이 쓰였을 거고, 주변에서 들리는 이야기 때문에 기강을 확 잡아야겠다는 생각도 들었을 테다. 실은 이전에 타인으로부터 선배님이 따뜻한 분이라는 말을 들으면, 속으로 고개를 가로저었다. 내가 겪은 모습이 아니었으니까. 시간이 흘러 선배님의 진면모를 보니, 억지로 차갑게 하려니 힘들었겠다고 생각했다. 그리고 엄격하게 가르쳤던 선배님에게 감사하다. 이 자리를 빌려, 선배님한테 질문하고 싶다.

"선배님, 그렇게 예쁘면 어때요?"

〈성공과 실패를 넘나드는 너에게〉

어떤 사람에 대해 단정 지은 적 있나요? 우리는 짧은 순간에 사람을 판단해요. 내 편인지 적인지. 그런데 오해한 거라면 어떻게 할 건가요? 다시 생각을 바꾸면 그만이겠죠. 반대로 만약 내가 오해받았다면요! 억울하겠죠. 그러니 애초부터 편협한 시각으로 재단하지 말자고요!

To. 멘토 선배님께.

선배님, 감사합니다.

선배님께서 어떤 생각이었는지 그 마음을 다 헤아릴 순 없지만,

돌이켜보니 보이는 게 있는 것 같습니다.

만약 제가 또 다른 회사에 입사하게 된다면,

선배님 같은 멘토를 다시 한번 만나고 싶습니다.

앞으로도 행복하십시오!

# 나만의 문제 해결책 만들기

〈운이 좋았을 뿐, 잘난 척하지 않기〉에서 등장했던 특출 나게 예쁜 친구를 기억하는가? 우리는 매번 변동되는 스케줄에 번번이 약속을 미루곤 했다. 늘 다음에 만나자며 아쉬움을 남겼는데, 한국에서도 만나기 어려운 친구를 스케줄이 맞아 해외에서 만났다. 이런 경우가 얼마나 있을까? 오랜만에 만난 친구를 보고 얼굴은 웃고 있었지만, 시선이 자꾸 시계를 향했다. 그리고 얼마 지나지 않아, 방에서 기다릴 선배님을 떠올리며 빨리 호텔로 복귀하자고 했다. 저녁 7시밖에 되지 않은 이른 시각이라 아쉬웠지만, 다음을 기약하며 헤어졌다. 내일 아침 출발이라 미리 씻는 게 좋을 것 같아 샤워하고 나왔는데, 선배님이 한마디 던졌다.

"지현 씨, 지현 씨 몇 기예요?"

"네…? 저 63기입니다."

"그러면 신입 아닌가? 빨리빨리 다녀야 하는 거 아니에요? 내일 비행 준비 안 해요?"

"죄송합니다…."

"지현 씨 때문에 잠 다 깼잖아요. 빨리 자요."

이제 막 나와 머리도 말리지 못했지만, 선배님이 잠에서 깼다는 말에 젖은 머리로 침대에 누웠다. 꿉꿉한 룸 컨디션 때문에 에어컨을 틀고 잤는데, 다음 날 보기 좋게 감기에 걸렸다. 감기에 걸린 채로 비행기에 타본 적이 없어서 아무 생각 없이 갔다가 문제가 발생했다. 띵- 이륙 사인이 울리고 비행기가 하늘 위로 뜨는데, 귀가 찢어질 것같이 아팠다. 태어나서 처음 겪는 고통이었다. 이륙하는 동안 승객이 자리에서 일어나지 않는지 두 눈을 똑바로 뜨고 지켜봐야 했는데, 너무 아픈 나머지 나도 모르게 눈을 질끈 감으며 표정이 찌푸려졌다. 이륙한 뒤에 고통은 점차 사라졌고 업무도 곧잘 수행했다. 그러다 착륙하기 20분 전쯤부터 기장님이 고도를 낮추시니 다시 귀가 먹먹해졌다. 이내 한 승객의 부름에 응답하다가 아무 소리도 들리지 않는다는 걸 깨달았다.

"ㅈㄱㅇ. ㅇㄱ ㅁ ㅈ ㅈㅅㅇ."

“네? 죄송합니다만, 제 귀가 지금 안 들려서요. 뒤쪽 승무원에게 다시 한번 말씀해 주시겠습니까?”

이게 뭔 소리람. 승무원이 귀가 안 들리면 어떡해? 손님이 컴플레인을 넣어도 할 말이 없었지만, 다행히 아무렇지도 않게 뒤에 있는 승무원에게 다시 요청했다. 그 승무원이 물을 들고 오는 것을 보고 무슨 말인지 알아차렸지만, 이미 내 손을 떠난 뒤였다.(정답: “저기요. 여기 물 좀 주세요.”) 착륙할 때는 이륙할 때보다 30배 정도의 고통이 있었다. 이만큼 아프다면 몸의 문제가 아니라, 비행기에 문제가 생긴 거라고 판단했다. 이런 고통을 겪어본 적이 없었으니까.

“사무장님, 비행기에 이상 생긴 거 같습니다! 귀가 너무 아픕니다!”

“너만 아픈 거 같은데? 중이염 아니야?”

이 말 역시 듣지 못해 입 모양으로 확인할 뿐이었다. 사무장님은 내 멍한 표정에 중이염이라는 것을 확신한 듯 종이에 글씨를 끄적였다.

“너 그거 중이염이야.”

그렇다. 이 질병은 사무장님 말대로 ‘중이염’이라는 살벌한 질환이었다. 이후 감기에 걸리면 증상이 심하든 약하든 무조건 바로 나을 수 있도록 링거를 맞았다. 5만 원~10만 원이나 되는 링거를 맞는 건 아깝지만, 현명한 선택이었다는 건 변함없이 자신한다. 혹여 미미한 감기 기운을 대수로이 여겼다가 또 귀가 들리지 않게 되면, 아픈 건 둘째 치고 중이염이 나을 때까지 비행을 못할 테니까. 그리고 병가를 쓴다는 건 근태에도 좋지 않을뿐더러 오히려 손해일 테니까. 결정적으로, 그 상태로 비행하면 언젠간 손님한테 컴플레인을 받을 게 뻔했다.

앞에 언급했던 선배 이야기를 다시 꺼내 보자면, 아침에 일어나 어색한 분위기 속에 출근을 준비했다. 이대로 출근하기에 마음이 불편해서 다시 한번 죄송하다고 말했다. 선배님은 자기가 잘 때 조금 예민한데, 나한테 덮어씌운 거 같다며 본인이 더 미안하다고 했다. 서로 좋게 이야기한 덕에 분위기는 잘 무마되고 웃으며 출근길에 오를 수 있었다. 덕분에 입이 쉽게 떨어지지 않아도, 먼저 건네는 인사가 꽤 중요하다는 것을 깨달았다. 나만의 룸 이용 철칙도 세웠다. 잠에 예민한 사람이 있을 수 있으니, 함께 방을 쓰는 상대가 자고 있다면 깼을 때나 다음 날에 씻을 것! 감기에 걸릴 수 있으니 에어컨 온도는 반드시 조절해서 잘 것!

<성공과 실패를 넘나드는 너에게>

당신만의 문제 해결법이 있나요? 문제 해결 능력은 회사에서만이 아니라, 인생을 살면서 꼭 필요해요. 그러니까 A부터 Z까지 꼼꼼하게 알아두면 좋죠. 그럼 끊임없이 발생하는 문제 속에 A부터 Z까지는 피할 수 있으니까요! 나만의 문제 해결법, 아래 딱 3가지만 적어봐요.

도무지의 룸 이용 철칙!
1. 외출할 때는 보고하고 다녀올 것!
2. 화장실, 샤워실 이용 시, 뒷정리 필수!
3. 에어컨 가동 시, 자기 전에 온도 조절할 것!
4. 방을 함께 쓰는 사람이 자고 있으면,
깼을 때 혹은 다음 날 샤워할 것!

___의 인생 이용 철칙!
1.
2.
3.

## MZ 혹은 꼰대가 되어 나를 지키기

첫 비행 때, 한 선배님은 내가 실수하는 모든 것을 눈감아주었다. 상냥하게 말하는 건 물론, 웃음을 잃지 않고 말을 건넸다. 놓친 부분들은 뒤에서 묵묵히 채워주며 내 마음을 안다는 듯 송송 구멍 난 부분들을 메웠다. 연거푸 죄송하다고 말할 때마다 원래 처음은 그런 거라며 괜찮다고 하던 게 또렷이 기억난다. 당시 사무장님은 엄격하다고 소문나서 땀방울이 송골송골 맺힌 채 출근했다. 다행히 첫 비행이란 걸 참작한 건지 엄밀하게 지켜보지는 않았다. 대신 비행 시 으레 알아야 할 사항들을 친절히 숙지시키고 플러스알파까지 가르쳐서 아직도 감사함이 남아 있다. 훈련생 때는 눈물이 쏙 빠질 정도로 혼나기만 했지만, 라인에서는 선배님들이 친절하게 잘 알려주는구나 하고 감동을 더한 건 딱 이때뿐이었다. 초심자의 행운 같은 것이었을까. 이후로는 혼나는 게 취미처럼 되어버렸다.

"자신을 동물에 비유해 보세요."

"저는 카멜레온 같은 사람입니다. 어떤 상황이든 적재적소에 맞게 행동하기 때문입니다. 평소 일손이 빠르고 적응력이 뛰어나다는 말을 주로 들어왔습니다. 다양한 아르바이트 경험은 그 능력을 더욱 향상해 주었다고 생각합니다."

면접 예상 질문에 있는 동물 비유에 따른 대답이다. 거짓말이 아니라 진짜 카멜레온 같은 사람이었다. 상황 판단 능력이 뛰어나고 일 처리를 빠릿빠릿하게 한다며 칭찬받았으니까. 그런데 이렇게 승무원 업무가 손에 안 익을 줄이야! 그래서 말을 아꼈다. 분주한 선배들 뒤통수에 대고 모르는 걸 물어볼까 했다가도 괜히 매를 버는 걸까 봐 입을 다물었다. 그렇게 혼자 끙끙거리며 해내려다가 실수가 잦아졌다. 인턴 기간에는 비행하면 사무장님에게 평가받는 시스템이 있었는데, 맨 처음 평가 결과에서 하위권에 속했다. 타 동기들과 비교했을 때 적응이 부진하다는 평이었다. 잘하지는 못했어도 최선을 다했기에 마음이 아팠고, 누군가 먼저 다가와서 알려주면 정말 좋겠다는 생각이 굴뚝 같았다. 그래서 후배가 들어오면 꼭 먼저 관심을 보내야겠다고 결심했다.

회사에서 채용이 자주 이루어진다면 일반적으로 2가지 이유가 있다. 하나는 사원들이 바쁜 회사에 못 이겨 잇따라 퇴사한 탓에 새로운 인력이 필요해서다. 다른 하나는 회사가 승승장구하고 있어서 도저히 이 인력으로 운영하기에 턱없이 부족하기 때문이다. 내가 입사했을 때는 항공업계가 호황이었다. 모든 항공사가 순서 없이 채용 공고를 연이어 냈고 서로 인재를 뺏어가기에 바빴다. 내가 입사한 해에만 다섯 번의 채용이 있었으니 말 다하지 않았는가. 그래서 기대했다. 밑으로 얼마나 많은 후배가 들어올지. 하지만 더 이상의 채용은 없었다. 스케줄이 눈코 뜰 새 없이 바빴음에도. 법적으로 주어져야만 하는 휴일을 앗아가고 돈으로 대신 주는 날들이 많았음에도.

신입과 막내라는 말에서 벗어나지 못하고 7~8개월가량 흘렀을 때 후배가 들어왔다. 이제 다시 채용의 문이 열리는 건가 기대했지만, 이번 채용은 실수였다는 듯 다시 자물쇠로 꽁꽁 잠가 버렸다. 입사한 후배의 인원은 500분의 1에 불과해 후배가 생긴 티도 나지 않았다. 한 달 스케줄 중 10번의 9번은 막내였으니 티가 날 리가 있나! 극적인 확률로 후배와 비행이 나올 때면 이전 결심을 곱씹으며 후배에게 먼저 다가갔다. 후배는 대부분 나보다 나이가 많거나 동갑이었는데, 언니와 오빠는 말도 편하게 하도록 하고 동갑은 친구를 맺기도 했다.

생각을 몸소 실천하자, 선배들이 나처럼 대하지 않은 건 다 이유가 있었다는 걸 깨달았다. 말을 편하게 하라고 했더니 나이가 어린 걸 은근히 무시했다. 고작 몇 달 일찍 들어와서인지 만만하게 보는 경향도 있었고, 선배 취급하지 않는 사람도 있었다. 선배로서 내어준 편안함에 어느 정도 선을 지키길 바랐던 거였는데, 아예 선을 지운 듯했다. 어쩌면 먼저 손을 내밀기를 바라지 않았을 수도 있다. 선배와 후배 그 이상, 그 이하도 하고 싶지 않은데 나 혼자 '선의'라는 이름으로 억지로 문을 두드리는 꼴이 아니었나 싶기도 하다. 당시 나이 24살. 후배가 언니, 오빠라고 해봤자 25살, 26살이었다. 사회생활이 어색했던 건 나뿐만이 아니었을 테다. 그래서 편하게 하라는 말에 적정선을 찾기 까다로웠겠다 싶다. 괜한 오지랖이 만든 상황인 것 같았고, 애초에 쉽게 상할 기분이었다면 하지 말았어야 했다는 멍청한 후회도 했다.

어린 나이에 일찍 사무장 직함을 단 선배들이 있었다. 그들의 공통점은 후배들에게 어느 정도 거리를 두고 딱딱함을 유지한다는 것이었다. 다른 선배님에게 전해 듣기로, 나이가 어리다는 이유로 깔보는 듯한 기분을 종종 느껴서 태도를 바꾼 거라고 했다. 회사에서 나이가 다 무슨 소용이람? 직함이 당연히 우선 아닌가? 오해였던 건 아닐까? 라고 여긴 건 나만의 생각이었다는 것을 직접 체감했던 것이었다. 나 또한 선배들을 따라 태도를 바꿨다. 후배한테 대접받아야겠다거나 나를 무서워했으면 좋겠다는 건 아니었으나, 선배로서의 위상을 낮추고 싶지는 않았다. 그렇다고 꼰대도 되고 싶지 않아서 행동거지를 조심했는데 참 아리송한 사건이 발생했다.

한 체류지에서 새벽에 비행을 가야 하는 날이었다. 새벽 쇼업이라 저녁에 억지로 잠을 청했는데 간신히 잠든 나를 후배의 핸드폰이 깨웠다. 페이스톡 전화가 왔다고 우렁찬 노래가 흘러나오고 있었다. 결국 잠에 다시 들지 못하고 비행을 갔지만 화를 누르고 생글생글 웃으며 비행했다. 비행하는 도중 몰라서 그런 걸 수도 있는데 말할까 고민했지만, 괜히 좋은 분위기를 깰까 봐 끝까지 참았다. 퇴근 후, 집에 가는 길에 다른 크루에게도 피해가 갈 수도 있으니 일러두어야겠다는 생각으로 메시지를 보냈다.

"미아 씨, 오늘 고생 많았어요! 다름이 아니라, 어제 잘 때 무음이 아니더라고요! 선후배 상관없이 방을 함께 사용할 때는 무음으로 하면 좋을 거 같아서 말씀드립니다!"

"아…, 죄송합니다. 저도 무음이 아닌 줄 몰랐습니다. 다음부터 조심하겠습니다."

"네! 저랑 즐겁게 비행해 줘서 고마워요! 오늘 즐거운 하루 보내세요!"

최대한 기분 상하지 않게 보내려고 애쓴 노력과는 달리, 후배는 내 말을 끝으로 답장하지 않았다. 이후 후배는 회사에서 나를 마주치면 구긴 표정을 일삼고 인사도 하지 않았다. 그런 후배의 태도가 거북하다기보다 내가 잘못한 일인가 이해하기 어려웠다. 물론 퇴근 후에 회사와 관련된 연락이 오는 것 자체가 싫었을 수 있다. 굳이 무음이 아니었다는 사실을 지적해야 속이 후련한가 싶었을 수도 있다. 일이 끝날 때까지 안 꺼낼 말이었으면 끝까지 하지 말지 왜 퇴근 후에 하는지 이해하기 어려웠을 수도 있다. 글쎄 후배의 마음은 잘 모르겠지만, 한편으로는 배려하겠다고 온갖 궁리를 한 나 자신에게 미안했다. 그냥 쏘아붙일걸. 참지 말걸. 차라리 좋게 말하지 말고 화를 낼걸. 너 때문에 잠 다 깼다고!

마음에 담아둔 나와 다르게 그 후배는 이 일을 잊었을까? 아니면 꼰대 같은 선배라며 손가락질하고 있을까? 툭하면 MZ, 툭하면 꼰대라는 말을 입버릇처럼 하는 요즘 시대에 어떻게 해야 했던 걸까. MZ와 꼰대 사이에서 어떤 결정을 내려야 하는 것이었을까.

<성공과 실패를 넘나드는 너에게>

타인을 이해하려는 노력해 본 적 있죠? 그 노력에 배신당한 적도 있을 거예요. 그러니 이해도 내 마음을 지킬 만큼 하는 게 좋은 거 아닐까요? MZ가 되든, 꼰대가 되든 뭔 상관이야! 내 마음이 다치지 않는 게 제일 중요하지! 남 지키다가 나 상처 줄 거예요? 나 아니면 누가 지켜! 지켜주자 좀!

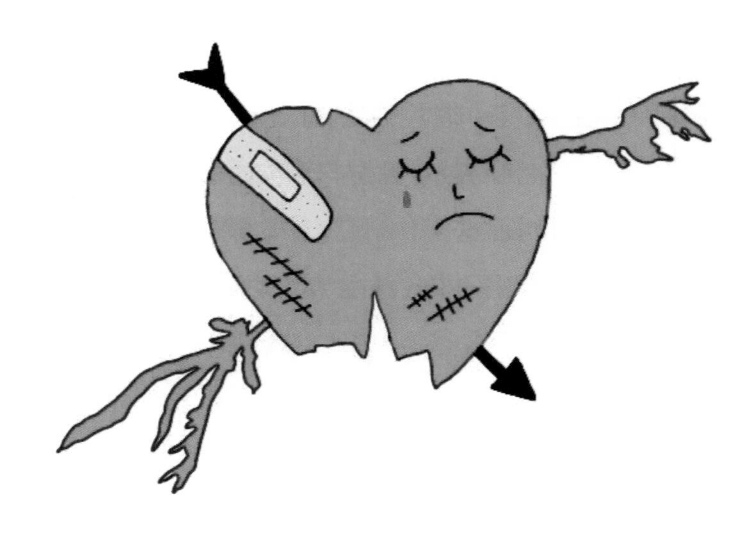

# 뜨거운 감자에
# 휘둘리지 말기

회사에는 늘 뜨거운 감자가 존재한다. 뜨거운 감자는 회사에서 벌어지는 사건이나 직원의 사고가 주를 이룬다. 나 또한 뜨거운 감자의 역할을 맡았던 적이 있다. 그때는 논란거리가 된 줄도 모르고 회사에 다녔는데, 선배들은 나를 예의주시했을 테다. 내가 핫이슈로 자리 잡은 이유는 이러하다.

"지현 씨, 비행은 어때요? 할 만해요?"

"아직은 어렵습니다. 열심히 하고 있기는 한데, 이것도 잘못하면서 후배랑 비행이 나오면 또 다른 업무를 담당하는 게 걱정입니다."

"그래요? 그럼 인바운드[7] 때 한번 해볼래요?"

---

7) 인바운드(in-bound): 출발지로 다시 돌아오는 비행. 예를 들어, 인천-오사카-인천이라면 오사카에서 인천으로 돌아오는 비행을 의미

"괜찮습니다. 지금 하는 일도 부족해서 갑자기 하게 되면 큰일 날 거 같습니다."

비행 근황을 묻던 한 사무장님과 나눈 대화이다. 분명히 손사래를 치며 얘기했는데, 사무장님은 예의상 거절한 줄 알았나 보다. 체류지에서 선배님이랑 신나게 놀고 방으로 돌아왔는데 단톡방 알람이 울렸다.

"지현 씨가 인바운드 때 민혁 씨 담당 업무를 해보고 싶다고 해서 교체할게요."
"네, 알겠습니다."

'이게 무슨 소리람! 내 업무도 바빠서 지금껏 선배 업무는 공부한 적도 없는데 어떡하지?'
걱정이 밀려왔다. 그리고 바로 종이와 펜을 들고 수험 공부처럼 몰아치듯 공부했다. 방금까지 같이 놀고 온 선배님에게 꼬치꼬치 물어보며 아주 열심히. 돌아오는 편수에서 선배님에게 폐를 끼치면 안 되겠다는 생각뿐이었다. 그런데 자리를 양보한 선배님의 기분이 언짢아 보였다. 그때는 선배님이 단순히 잠을 충분히 못 자서 표정이 안 좋다고 예상했는데, 그게 아니었다.

"지현아, 너 혹시 민혁 선배님 일 네가 한다고 했어?"

"응? 아니? 사무장님이 하라고 하셔서 한 건데?"

"네가 하고 싶다고 했다던데? 선배님이 너 얘기하고 다니셔. 자기 일 뺏었다고."

"설마 미쳤다고 먼저 하고 싶다고 했을까! 나 아니야!"

내가 뜨거운 감자라는 것을 알게 된 건 동기들 덕분이었다. 사무장님이 단톡방에서 말한 저 내용을 선배님이 곧이곧대로 들은 줄 몰랐다. 진심으로 저대로 이해했다면, 내가 꼴 보기 싫었을 테다. 앞서 말했듯, 위에 선배는 넘쳐나고 아래 후배는 없으니 후배와 비행할 확률이 몇 되지 않는다. 그 몇 번 안 되는 기회 속에 자기 자리를 뺏었으니 성난 기분을 감추기 어려웠을 터. 이해는 됐지만, 오해는 싫었다. 그리고 뜨거운 감자가 된 사실을 알게 된 이상 가만히 있을 수는 없었다. 억울함을 감추지 못하고 선배님한테 메시지를 보냈다. 오해하고 있다고. 직접 하고 싶다고 한 게 아니라, 사무장님이 하라고 했다고. 선배가 메시지를 받고 기분이 더 상했을지 뒷말을 한 게 민망했을지는 상관없었다. 안 그래도 적응하는 데 어려움을 겪고 있는데 소문을 낸 선배가 미웠다. 더 미운 건 괜한 오해를 사게 만든 사무장님이었지만.

뜨거운 감자는 언젠가 식는다. 내 이야기도 그랬다. 그리고 신입이

들어올 때마다 새로운 뜨거운 감자가 급부상했다. 얘는 이렇다더라, 쟤는 저렇다더라. 나 또한 다를 것 없었다. 함께 입을 모아, 그 말들이 전래 동화처럼 퍼져나가도록 보탰으니까. 승무원은 여초 회사라서 그런가? 이러쿵저러쿵 잘도 떠드는군! 혹은 남에게 관심이 참 많다고 생각할 수 있다. 감히 변호 아닌 변명을 하자면, 여초 회사라서가 아니다. 승무원은 비행기라는 한정된 공간에 갇혀 나눌 이야기가 딱히 없다. 장장 대여섯 시간을 비행하는데, 사생활을 꺼내기는 싫고 할 얘기는 없으니 회사 소식을 나눌 뿐이다. 요즘 재밌는 일 없냐는 질문이 흔한 대화 중 하나니까. 그러니 나도 여기저기서 들은 정보들을 모아, 다음 비행 때 선배나 후배에게 전달하곤 했다. 그러다 한 비행에서 어떤 선배님 말씀에 무릎을 탁- 치고야 말았다.

"지현 씨, 저도 소문 들었는데 그거 아니래요. 그 친구 그 이야기 때문에 많이 힘들어한다던데…. 소문 아니라고 얘기해 주세요."

"아, 아니랍니까? 저는 수없이 들어서 맞는 줄 알았습니다."

"저도 소문이 워낙 자주 들려서 제가 직접 경험한 거 아니면 안 믿으려고요. 1부터 10까지의 사건이 있으면, 그 친구는 하나만 해당하는데 1부터 10까지 다 그 친구가 했다고 소문이 났나 봐요. 아무튼 아니라고 좀 해주세요."

"네, 알겠습니다."

신나게 종알거리던 입은 기어들어 가는 목소리로 변하더니 이내 벙어리처럼 꾹– 다물었다. 순간 정신이 번쩍 들었다. 내가 무슨 짓을 한 거지? 나도 오해받아서 힘들어 했는데, 그토록 억울해했으면서 똑같은 행동을 하고 있네. 반성과 동시에 부끄러움은 내 몫이었다. 말에는 힘이 없다고 하지만 소문의 힘은 강력하다. 말의 무게를 실감하면서도 지혜롭게 말하기란 늘 어렵다. 감정을 앞세우고 현명하지 못하게 행동한 일이 얼마나 많던가. 내 일에는 남 탓하기 바쁘면서, 남 일에는 어찌나 경거망동했던가. '아님 말고'식의 태도를 혐오한다면서 내로남불이었다. 소문의 당사자가 되어봤음에도 뉘우치지 못하고 그릇된 행동을 하다니 얼마나 무지한가. 차라리 선배에게 혼날까 봐 말을 아끼던 때가 나았다. 이 책에서도 하지 말아야 할 말이 있지는 않았나 살펴보아야겠다. 또 후회하지 않으려면.

<성공과 실패를 넘나드는 너에게>

소문에 휘둘리지 않는 사람은 없을 거예요. 특히 지금 같은 정보화 시대에 카더라가 얼마나 많던가요? 돌다리도 두드려 보고 건너라고 하잖아요. 무성한 소문에 재빨리 귀 기울여 반응하기보다 걸러 듣는 연습이 필요하지 않을까요? 늘 염두에 두세요. 소문의 당사자가 내가 될 수도 있단 걸!

## 모든 걸
## 이해하려 하지 않기

인턴을 벗어났다고 해서 달라지는 건 없었다. 연봉이 조금 올랐다는 사실과 정직원이 되지 못할까 봐 마음 졸이지 않아도 된다는 것, 그리고 회사에 진정으로 소속되었다는 것 정도였다. 정직원이 되어 하는 일은 인턴 때와 똑같았다. 비행기에 탑승하는 손님을 맞이하는 일.

"비행기 앞에 있는 승무원한테 탑승권 다시 한번 보여주세요."

지상 직원은 승객을 태우기 전, 탑승권에 있는 QR코드를 찍으며 안내 멘트를 외친다. 승객 대부분은 비행기를 탄다는 설렘 속에 빠져 듣는 둥 마는 둥 하는 걸 그들은 알려나? 손님들은 비행기가 담긴 사진과 동영상을 찍고, 캐리어를 질질 끌며 줄을 서기에도 바빠서 탑승권 따위 이미 가방에 쑤셔 넣은 지 오래다. 나는 이런 상황을 잘 알기에 손님을 맞이하면서 다시 멘트를 날린다. 내 말을 듣고 분주하게 가방을 뒤적이는 승객이 보이지만 이 상황이 연달아 발생할 확률 100%. 그래서 뒤에 있는 사람들도 들을 수 있도록 크게 외친다. 탑승 시간은 국내선 15분, 국제선 30분으로 몇백 명을 태우기에 넉넉한 시간은 아니다. 그러니 이 멘트는 탑승권을 찾느라 지연될 수 있는 확률을 낮추는 데 할 수 있는 최선의 노력이라 볼 수 있다.

단순히 탑승권만 보이면 되는 순간에 수만 가지 일을 겪는다. 이전에 탔던 비행기 표를 보여주는 승객. 탑승 도중 내 발을 무자비하게 밟아놓고 사과도 안 하는 승객. 여권을 건네며 알아서 탑승권 찾아보라는 승객. 탑승권을 여러 장 주어 확인차 묻는 말에 대답하지 않는 승객. 탑승은 안 하고 질문 공세를 퍼붓는 승객. 일행에게 탑승권을 맡겨두고 서로 어디에 뒀냐 말다툼을 벌이는 일까지! 사례가 술술 나오는 걸 보니 24시간도 이야기할 수 있겠다.

대한민국은 빨리빨리 민족이라 빨리 비행기에 타서 자리에 앉고 싶어 한다. 그래서 탑승권을 보여주면서도 민족의식을 버리지 못하고 재빨리 탑승권을 치운다. 표의 여부만 확인하면 되는 줄 알고 그런 거겠지만, 승무원은 날짜, 편명, 목적지를 확인해야 한다. 손님이 보여주는 높이에 따라 몸도 함께 위아래, 옆으로 움직이며 빠르게 정보를

캐치하기 위해 이따금 인상을 쓰고 집중하기에 바빴다. 초인적인 집중력을 끌어다 탑승권을 확인하는데 장난치는 손님이 있었다.

"봤어요, 못 봤어요!"

"못 봤습니다."

"자, 다시 보세요!"

"손님, 뒤에 승객들께서 기다리고 계셔서 다시 한번 더 보여주시겠습니까?"

탑승권을 1초도 보여주지 않고선 못 봤다고 하니, 보여줄 듯 또 홱-가져가 보여주지 않기를 반복했다. 웃으며 확인한 게 이 사건의 결말이지만, 조급한 내 심정을 알 리가 없는 이 승객에게 정색하고 싶었다. 이런 장난은 중고등학생들이 더하다. 비행기를 처음 타는 친구들이 꼭 한 명씩 있는데, 그 친구를 놀리기 위해 꼭 나를 끌어들였다.

"누나! 얘 신발 벗어야 하죠!"

"어! 거기 친구야! 신발 벗고 타야 해!"

한두 번 겪는 일이면 웃으면서 맞춰주겠는데, 매번 똑같은 레퍼토리가 벌어지니 나중엔 지루하기까지 했다. 너희는 신발 말고 놀릴 만한 아이디어가 없니? 현실은 어찌할 도리 없이 장난을 맞춰주는 나만 있었다. 차라리 웃기만 하면 되는 상황은 감사하다.

"도대체 몇 번을 확인하는 거예요!"
"가방 안에 있어요. 제가 표 없이 여기까지 어떻게 왔겠어요?"

따져 묻는 때가 허다하기 때문이다. 암요. 제가 누구보다 잘 알죠! 저도 확인하기 싫어요! 이 고리타분한 보안법 때문에 속은 부글부글 끓고, 때마침 애플워치는 '마음 챙기기' 알림이 울린다. 물론 겉으로 티는 나지 않는다. 난 프로니까! 그렇게 화를 억누르고 친절하게 설명한다.

"번거롭게 해드려서 정말 죄송합니다. 보안상의 이유로, 마지막으로 확인하고 있습니다. 양해 부탁드립니다."

끝까지 짜증을 내며 탑승권을 내미는 승객 뒤로 나 또한 답답했다. 어쩔 수 없이 손님을 밖에 세워두고 탑승권을 찾게 하는 동안, 뒤에 기다리는 손님들은 날카로운 눈빛으로 쳐다보고 있으니까. 그렇게 발을 동동거리며 제발 빨리 나와라! 탑승권아… 하며 간절히 기도하는 날이 많았다. 1년이 넘도록 탑승권을 확인하면서 오탑승을 발견한 적이 없었다. 그도 그럴 것이 앞서 두 번의 확인을 거친 뒤, 내가 세 번째로 점검하는 건데 틀릴 일이 있겠나 싶었다. 비행기에서 하는 건 보여주기식 아닌가? 하는 의심이 머리에 꽉 차 있던 어느 여름, 여행 수요가 폭발하는 방학 시즌에 걸러낸 오탑승만 세 번이 있었다.

"손님, 이건 김포 가는 비행기입니다. 잘못 오신 거 같아요."

눈알 빠지듯 조그마한 종이를 지켜보는 과정이 헛되지 않은 순간들이었다. 세 번의 결과물을 만들어낸 그때의 쾌감을 잊을 수 없다. 이후 오탑승이 발생한 적이 없어서 쾌감은 짧고 강렬하게 끝이 났지만, 실수 없이 완벽하게 일을 수행한 내게는 훈장을 단 듯 뿌듯함이 남아 있다. 그리고 이제는 안다. 고리타분한 보안법도 아니고 보여주기식 검사도 아니라는 걸.

〈성공과 실패를 넘나드는 너에게〉

세상에는 이해할 수 없는 일들이 넘쳐나요. 공부해야 하는 이유, 대기업에 가야 하는 이유, 비행기를 타기 위해 3번이나 탑승권을 확인하는 이유. 납득이 가야 이해를 할 텐데 말이에요. 그런데 몸소 겪고 나면 이해가 가지 않던가요? 그런데 다 겪어볼 수는 없으니까, 또 뭔 이유가 있겠지~ 해봐요!

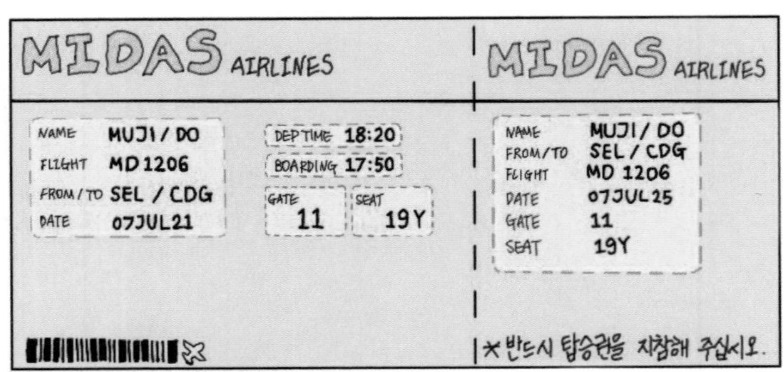


※ 틀린 부분을 찾아보세요!

## 생명=책임 공식을 명심하기

"나 강아지 키우면 너도 봐주는 거다?"

같은 오피스텔, 같은 층에 사는 회사 동기가 뜬금없이 강아지를 키우고 싶다고 했다. 하지만 승무원은 업무 시간이 들쑥날쑥해서 강아지를 기르기 좋은 직업이 아니었다. 그래서 해외에 가면 혼자 있어야 하는데 그럴 땐 어떻게 하냐는 질문과 자주 집을 비워서 강아지가 혼란스러울 거란 우려가 이어졌다. 동기는 스케줄이 맞을 때 서로 돌보는 방식으로 하면 되지 않겠냐며 공동 육아를 제안했다. 강아지를 너무 좋아한 나머지 덜컥 약속을 해버렸고, 동기는 강아지를 데려왔다. 사랑스럽고 자그마한 아이를 보고 있자니, 어느 순간 매일 보고 싶었다. 동기 집 비밀번호를 알았기에 보고 싶다면 언제든지 문을 열고 살랑이는 꼬리를 볼 수 있었다. 공동 육아하기로 했지만, 명명백백히 주인을 따지자면 내 강아지가 아니었다. 이름도 지을 수 없었고 지갑을 열어 마음대로 무언가를 사줄 수도 없었다. 그뿐인가? 만지고 싶을 때, 산책하러 가고 싶을 때 등등 모든 순간에 내게 선택권은 주어지지 않았다. 허락이 필요했고 눈치를 봐야 하는 상황이 반복되면서 소유욕이 커졌다.

순간적인 판단으로 강아지를 키우면 안 되지만, 나도 결국 강아지를 데려왔다. 그리고 우리는 각자 스케줄에 맞춰 두 강아지를 돌봤다. 함께 쉬는 날에는 같이 산책도 하고, 둘이 이리저리 날뛰는 걸 보며 엄마 미소를 지었다. 그런데 어느 날 동기로부터 청천벽력 같은 소식을 들었다. 이사한다는 나쁜 소식 말이다. 살고 있던 오피스텔과 걸어서 5분 정도면 닿는 거리였지만, 같은 층에서 오가는 것과 5분 거리는 천지 차이 아니던가. 몸이 멀어지면 마음도 멀어진다고, 동기와 서서히 멀어지며 강아지도 각자 돌보는 시스템이 되어갔다. 동기 강아지는 작고 우리 강아지는 상대적으로 커서 둘이 붙여놓기가 살짝 겁이 나기도 했던 것 같다.

우리 강아지 이름은 '아지'다. 비행을 갈 때면, 집에 혼자 둘 수 없어서 애견 호텔에 맡겼다. 아지에게 안녕을 말할 때마다 다른 강아지와 어울리지 못하는 걸 목격했지만 두 눈을 꼭 감고 외면했다. 아지를 데

리러 갈 때면 문 앞에서 오매불망 나를 기다리고 있던 모습을 보며 미안함에 마음이 갈기갈기 찢어졌다.

'키울 자격도 안 되면서 욕심을 부린 걸까?'

'너를 다른 사람이 데려가게 두었어야 했던 걸까?'

돌을 던지듯 아픈 질문을 던지며 나 자신을 책망했다. 유기할 생각은 없으니 방법을 찾아야 했다. 하지만 아무리 짱돌을 굴려보아도 답은 하나밖에 보이지 않았다. 부모님에게 간절히 부탁하는 것.

"노파심에 말하는데 개 강아지로 만족하고 너는 절대 강아지 키우지 마. 만약 키우면 너 두 번 다시 안 볼 거야."

아지를 데려오기 전 동기가 강아지를 입양한 사실을 엄마한테 알렸을 때, 엄마는 단호하게 말했다. 아지를 데려올 때 섬뜩하게 저 말이 떠올랐지만, 어차피 내가 키울 건데 뭔 상관이냐는 태도로 일관했다. 그러나 태도만 일관했을 뿐 마음엔 동요가 찾아왔는지 이내 아지를 데려온 사실을 이실직고했다. 엄마는 데려오지 말란 말을 귓등으로도 듣지 않았다며 신경질이 가득한 전화를 마친 후, 두 번 다시 연락하지 않았다.

다행히 아빠가 엄마에게 정말 딸과 인연을 끊을 셈이냐며 우리 둘 사이에 징검다리 역할을 충실히 했다. 이 틈을 타 아지를 가족에게 보여줄 기회를 만들었고, 직접 보면 싫어할 수 없을 거라 확신했다. 하지만 엄마는 아지가 달라붙을 때면 소스라치게 놀라며 저리 가라고 화를 냈고 이방인 취급했다. 처음 가족과 만난 순간부터 돌봐달라는 부탁을 하기까지 나와 아지는 엄마 마음에 들어야만 했다. 결국 허락받아 근심은 덜었지만, 부모님에게 아지를 보내던 그날의 일 때문에 안심할 수는 없었다.

"얘 아무에게도 마음을 안 열어. 불안해하는 거 같아. 너한테서 강제로 떼놓았다고 생각한 모양이야."

부모님 댁에 아지와 함께 갔다가 홀로 집에 돌아왔어야 했는데, 부모님이 우리 집에 찾아와 억지로 자기를 데려가니 미웠나 보다. 분명히 함께 갔을 때는 애교 만점이던 아지였다. 그런데 내가 없으니 현관문에서 발을 떼지 않는다는 것이다. 아지는 엄마라고 부르는 나 없이 긴 밤을 며칠이나 보냈어야 했으니 무서웠던 모양이었다. 일을 마치고 부랴부랴 집에 간 날, 아지 꼬리는 헬리콥터처럼 흔들다 못해 어디론가 날아가 버리는 줄 알았다. 후로, 집을 떠날 기미를 보일 때마다 아지는 항상 한 발로 내 발을 밟고 가지 못하게 막아섰다. 그럴 때마다 미안함에 눈물샘이 고장이라도 난 듯, 눈물로 하루를 보냈다. 보고 싶다고. 엄마가 금방 다시 돌아오겠다고. 그렇게 사진 속 아지의 얼굴에 구멍이 뚫릴 때까지 들여다보았다. 아지가 나와 함께할 시간을 기다리듯, 나도 그건 마찬가지였으니까.

헤어짐이 반복될 때마다 생각했다. 아지가 내게는 동물 그 이상이지만, 만약 자식이었다면 얼마나 더 마음이 아팠을까 하고. 그리고 자식을 두고 일터에 나간 부모의 마음도 이해할 수 있었다. 왜 일터에서 아이의 사진을 들여다보고 있는지, 왜 틈날 때마다 전화기를 붙잡고 아이의 안부를 묻는지. 사람들이 내게 책임감 없는 견주라고 손가락질해도 감내할 수 있었다. 감내하지 못했던 건 아지를 슬프게 만든 내 행동일 뿐이었으니까. 다행히 모든 건 시간이 해결해 주었다. 아지는 부모님 집에서 사는 걸 적응했고 우리 가족도 모두 아지를 사랑했으니까. 심지어 아지를 이방인 취급하던 엄마는 둘이 죽고 못 사는 사이까지 되어버렸다. 결국 해결되지 않은 건 부모님 집을 나설 때마다 느끼는 내 복잡한 마음뿐이었다.

<성공과 실패를 넘나드는 너에게>

요즘은 반려동물을 키우는 사람이 정말 많은데요, 당신에게도 책임져야 할 생명이 있나요? 그 아이를 위해 얼마만큼 희생하고 있나요? 그 아이에게 얼마나 표현하고 있나요? 만약 앞으로 키울 의향이 있다면, 꼭 아이를 생각해서 저처럼 무책임한 결정을 내리지 않길 바라요.

## 사직서를 묻어둘 버팀목 만들기

돈을 벌기 위해서는 회사에 돈을 벌어다 줘야 한다. 직원과 회사는 연봉 계약서로 합의하며 돈으로 이루어진 관계니까. 얇은 종이 한 장으로 이어진 곳에서 즐거운 추억이 없다고 찡얼거리는 건 어찌 보면 어불성설이다. 직장인들은 사직서를 쓰려고 펜을 들었다가도 통장에 찍히는 월급을 보고 참는다고 한다. 하지만 나는 항공권 때문에 휘갈겨 쓴 사직서를 찢어발겼다. 누구든 자신이 속한 회사의 상품을 이용할 때, 저렴하게 살 수 있는 복지가 있다. 내겐 항공권을 70%~90% 감가하여 해외로 떠날 수 있는, 상상만으로도 행복한 복지가 있었다. 덕분에 해외여행과 거리가 멀었던 나와 우리 가족은 비행기에 원 없이 몸을 실었으니 복지를 제대로 이용한 셈이었다.

"제주도가 그렇게 좋다며?"

"꽃구경으로 유명하다던데…."

처음으로 항공권 복지를 이용한 건 부모님과의 제주도 여행이었다. 나는 쫄래쫄래 쫓아다니기만 하면 되는 수학여행을 제외하면 제주도 여행이 처음이었다. 그리고 부모님도 제주도에 가고 싶다는 말만 되뇌다 첫 방문을 하게 된 것이다. 기대에 한껏 부푼 부모님에게 멋진 보답을 하기 위해 후기를 찾아보며 일정표를 작성했다. 그렇게 제주도에 도착한 날, 일정에 차질이 없도록 시계만 쳐다봤다.

"자! 이동!"
"저기 앉아서 사진 찍고, 이제 이동하도록 하겠습니다!"

여행사 직원처럼 이동을 번번이 외치며 1분 1초도 허투루 보내지 않으려 애썼다. 그날 꽃과 부모님을 카메라에 담느라, 내 머릿속에 남아 있는 풍경은 아무것도 없었다. 그런데 이런 노력과 부모님의 후기는 정반대였다. 제주도가 뭐가 좋다고 하는 건지 모르겠다는 말에 뿌듯하게 돌아와야 할 여행에서 무거운 발걸음으로 돌아왔다. 그 후로, 두 번 다시 제주도에 오지 않겠다고 결의했다. 물론 언행 불일치가 뭔지 몸소 보이듯, 10번의 제주 여행을 더 다녀왔고 돌아올 때마다 또 가고 싶다는 아쉬움을 남겼지만! 어쩜 제주도는 가도 가도 질리지 않지?

"초밥 먹으러 일본 갔다 올래?"

이런 말은 부자들이나 할 수 있다던가? 아니 나도 할 수 있었다. 엄마랑 당일치기로 후쿠오카에 다녀왔으니까. 배를 텅텅 비운 채로 가서 종일 먹기만 하다가 온 여행이었다. 가족 다 같이 오사카를 다녀온 적도 있었다. 경험자로서 아는 체를 하자면, 후쿠오카는 당일치기에 적합하고 맛있는 음식을 먹고 싶으면 오사카에 가라고 하고 싶다. 일본 곳곳을 가봤지만, 주관적으로 오사카가 모든 지역을 통틀어 음식이 가장 맛있었다. 오키나와는 여름, 겨울 할 것 없이 여행하기에 최고다. 여름에는 호핑투어[8]로 유명해 일일 숙박비가 100만 원에 달하지만, 겨울에는 여름처럼 반팔을 입고 다니면서도 동남아만큼 덥지도 않고 숙박비도 과하지 않다. 구경할 거리도 많아서 기회가 생긴다면 오키나와는 또 여행하고 싶은 곳이기도 하다.

내가 일하는 비행기에 부모님을 태워 다녀온 적도 있었다. 호텔은 나와 같이 써서 무료였고, 침대가 워낙 커서 엄마가 침대 위를 데구루루 구르며 세 번은 돌 수 있다고 외치던 장면이 생생하다. 성인이 되어 한 침대에서 부모님 사이에 누워 잠을 자는 사람은 나뿐일 테지만 참

---

8) 호핑투어(hopping tour): 섬과 섬 사이를 거닐면서 바다와 섬에서 다양한 체험을 하는 여행

소중한 추억이다. 나는 이날 실패한 제주도 여행을 만회하고 싶었다. 그래서 하나부터 열까지 완벽하게 에스코트했다. 첫날은 흡족하게 잠들 수 있었지만, 집에 돌아가는 날은 예상치 못한 일이 발생했다.

아침에 호텔 앞 근사한 카페에서 두 분의 식사를 주문하고, 이따가 비행기에서 만나자는 인사를 남기며 출근했다. 택시비와 혹시 모를 상황에 대비해 비상금까지 쥐여 주었다. 공항까지 가는 차량 예약까지 마친 상태라 택시 기사를 못 찾으면 어떡하지? 라는 염려 외에 불안함이 밀려오지는 않았다. 나중에 비행기에 탑승하는 걸 보고 무사히 왔구나 싶었는데, 비행 후에 부모님이 택시에서 발생한 사건에 관해 이야기했다.

조용히 운전만 하던 택시 기사가 갑자기 부모님에게 통행료를 내라고 했단다. 말이 안 통해서 서로 땀만 삐질삐질 흘리는 상황이었다. 부모님한테 드렸던 돈을 내미니, 액수가 너무 큰 탓에 이 돈은 쓸 수 없다고 손사래를 쳐서 결국 한화 2,000원을 쥐여 줬단다. 하마터면 다시 호텔로 돌아올 뻔했는데 2,000원을 받아준 택시 기사에게 고마웠다. 역시 여행이란 완벽할 수만은 없지! 이렇게 예상을 빗나가는 일이 있어야 여행의 묘미가 아니던가! 나는 공항과 호텔을 오갈 때 늘 회사에서 준비한 차량을 이용해서 택시비 외에 통행료가 별도로 필요한지 몰랐다. 그때는 괜히 민망해서 그럴 리가 없다며 중얼거렸지만, 지금은 재미난 에피소드로 가끔 꺼내어 이야기한다.

"돈 아깝다."
"음식이 짜다."
"겨우 이거 보러 왔냐."

가족과 여행할 때 부모님이 넋두리를 늘어놓아 〈부모님이 지켜야 할 해외여행 금지 십계명〉이 생겼다. 우리 집은 십계명이 생기기 전부터 협박을 몇 차례 했었다. 투덜대면 다음부터 같이 여행 안 간다는 말에 부모님은 늘 좋다는 거짓말만 일삼았으니, 우리 가족에게 해당하는 십계명은 아니었다. 그럼 행복한 여행만 했냐? 아니, 늘 자매의 난이 벌어졌다. 언니와 의견충돌로 다투지 않은 날이 없었으니까. 지금은 그마저도 웃으며 추억하는 아름다운 기억이 되었지만, 두 번 다시 겪고 싶진 않다. 그런 의미에서 다음에 여행 갈 때는 〈자매가 지켜야 할 해외여행 금지 십계명〉을 써야겠다. 할머니를 모시고 효도 여행을 한 적도 있다. 할머니는 그 기억이 너무 좋았는지 한참 동안 그때를 언급하며 또 가자고 했다. 아쉽게도 퇴사해서 다음을 기약하기엔 어려워졌지만, 한 번이라도 모시고 가서 다행이다 싶다.

이외에도 여러 번 가족 여행을 갔지만 뭐니 뭐니 해도 내 여행 얘기를 빼먹을 수는 없을 터. 직업이 승무원이다 보니 가장 좋은 여행지가 어디냐는 질문을 많이 받는다. 그런데 나는 해외에 가면 휴식을 취하고 한국에 와서 놀러 다니는 성향이어서 사실 잘 모른다. 게다가 승무원은 공항과 가까운 호텔로 배치되어 관광지나 여행 명소와는 다소 거리가 있기 때문에 경험하기 쉽지는 않다. 그럼에도 여행하기 너무 좋다고 생각하는 곳은 단언컨대 태국이다.

예컨대 여행 가서 살쪄오면 제대로 놀다 온 거라는 말이 있다. 입맛이 까다로운 탓에 향신료도 잘 못 먹고 음식에서 냄새가 나거나 약간의 비린 맛도 견디지 못한다. 그래서인지 비행 초반에는 물갈이로 배앓이를 멈추지 않았다. 아프기 싫어서 물조차 한국에서 챙기고 다녀야 했으니 얼마나 까다로운 몸이던가. 태국은 이런 예민한 입에 어떤 음식을 넣어도 맛있음을 보답해 주는 곳이다. 태국에 갈 때마다 위장이 5개씩 있었으면 좋겠다고 생각할 만큼 좋아하는 음식이 많다. MK 수끼, 팟타이, 푸팟퐁커리, 어쑤언, 똠얌꿍, 콘파이 등! 최상의 컨디션을 유지하는 호텔은 말할 것도 없다. 바다와 이어져 있고 수영장도 있는 호텔들. 야경도 끝내주고 근처에 백화점이 있다면 금상첨화다. 하루를 다 돌아도 볼거리가 넘치는 크기의 백화점들이 많으니까. 지상철인 BTS와 지하철인 MRT도 잘 되어 있어 여기저기 오가기 좋고, 배도 탈 수 있으며 오토바이를 경험하기에도 좋다. 마사지는 또 어떠한가. 마사지 중에서도 타이 마사지가 특히 인정받는데, 계중에서 엄지를 치켜세우는 데에는 다 이유가 있다. 복불복이 있지만, 잘하는 곳을 찾아가면 극락을 경험할 수 있으니 해외에 가면 밖을 안 나간다던 나도 태국에서만큼은 종일 밖에서 시간을 보낸다.

수많은 장점이 있어도 이를 이용하기 위한 가격이 비싸다면 자유롭게 즐기지도 못할 테다. 하지만 태국은 보란 듯이 가격까지 완벽하다. 다른 동남아에 비해 물가가 조금 비싸긴 하지만, 한국과 비교하면 여한 없이 즐길 수 있는 합리적인 가격이다. 코로나 때 직원들끼리 해외에 갈 수 있다면 어디로 갈 거냐는 질문을 했는데, 그중 태국이 자주 언급됐던 걸 보면 태국을 향한 마음은 비단 나뿐 만은 아닌 듯하다.

회사에 다니며 가장 큰 장점으로 항공권을 꼽은 만큼, 퇴사하면서 가장 아쉬웠던 부분도 항공권이다. 저렴하게 여행을 갈 때나 가족이 내 비행기에 올라 같이 관광했던 걸 떠올리면, 힘들었던 기억이 사그라들었으니까. '지금은 힘들어도 또 여행 가면 행복해질 거야.'라는 생각으로 버텼으니까. 아빠는 한 회사에 30년 이상 근무하는 중이고 엄마도 10년 넘게 사업을 했다. 부모님이 하기 싫은 일을 할 수 있었던 것은 자식들의 행복을 위해서였을 테다. 비록 나는 내 행복을 위해 중도 포기하고 퇴사했지만, 나도 힘들 때 부모님의 행복을 생각하며 버틸 수 있었다. 한때는 '왜 나를 위한다는 말로 내게 부담을 지우지?'라고 생각했는데, 부모님을 생각하며 일해 보니 그런 생각이 들었다. 내게 버티는 힘이 되어줘서 정말 고맙다고. 부모님이 내게 준 사랑이 아니었다면, 틀림없이 진작 그만뒀을 테다. 자식이 부모에게 버티는 힘이듯, 부모도 자식에게 버티는 힘이다. 그러고 보니 이 주제의 결말은 조금 이상하다. 사직서를 버티게 한 것은 항공권이었을까, 부모님이었을까, 여행에서의 추억이었을까.

〈성공과 실패를 넘나드는 너에게〉

누구나 가슴속에 사직서 하나씩은 품고 산다고 해요. 그럼에도 꺼내지 않는다는 것은 저마다의 이유가 있기 때문이겠죠. 가족, 미래, 텅 빈 통장, 해외여행, 고가품, 차, 반려동물 등. 그게 무엇이든 좋아요. 그렇게 조금만 더 버티는 거예요. 당신에게 버팀목이 되어주는 건 무엇인가요?

## 공과 사 사이에
## 종이 다섯 장만 끼우기

한때 스케줄러가 나와 한 선배의 비행 스케줄을 여러 번 겹치게 짰다. 그 선배는 생글생글 잘 웃고 공감 능력이 뛰어났다. 내가 하는 말에 따라 표정이 시시각각 변했고 진지하게 대화에 임했다. 만약 선배가 빈틈이 없거나 융통성이 없었다면 함께 일하는 게 싫었을 테지만, 같이 있으면 왠지 편안해지는 사람이었다.

처음 한두 번은 그냥 좋은 선배려니 했는데, 여러 차례 함께 방을 쓰다 보니 이야기를 나눌 기회가 많아졌다. 선배는 나랑 먹으려고 칼국수 사발면을 두 개 챙겨왔다며 가방에서 주섬주섬 꺼내는 귀여운 면모를 보이며 다가왔다. 단조롭게 시작된 이야기는 끝날 줄 모르고 우리를 급속도로 가까워지게 했다. 대화는 특별하지 않았다. 한 주제를 가지고 서로의 상황을 대입해 가며 '만약에' 게임을 하듯 하염없이 가정한 게 전부였다. 승부가 나지 않는 게임이었지만 각자의 이야기에 만족한 듯 대화를 마치곤 다음에 회사가 아닌 밖에서 만나기로 기약했다.

'밖에서 회사 사람을 만나다니!'
'어색할 텐데 무슨 말을 하지?'
'깊은 관계는 맺지 말자.'

선배는 어떨지 모르겠지만 나는 외부에서 직원을 만나는 게 극히 드물었다. 한 번 친해지면 모든 걸 숨김없이 내놓아야 해서 회사만큼은 공과 사를 명확히 구분하고 싶었다. 그래서 선배와 밖에서 만날 때도 선을 그은 채 발걸음을 옮겼다. 하지만 선배는 앞뒤가 같은 모습, 오히려 뒤가 더 좋은 모습으로 선을 무자비하게 끊었다. 그리고 무방비 상태가 되어 선배를 절대 잃고 싶지 않은 사람 목록에 넣었다.

선후배에서 언니, 동생이 된 우리는 회사에서 갑자기 하늘 위에 판매팀을 뽑는다는 소식을 듣고 지원했다. 판매팀이 되면 자주 비행을 함께할 수 있다는 말에 고민할 것도 없었다. 그리고 자격조건에 전부 부합했던 우리는 판매팀에 발탁됐다. 하지만 이름이 판매팀인 만큼 판매가 바쁜 노선을 위주로 비행했다. 함께 일하는 건지 마는 건지도 모르게 정신없는 시간을 보냈지만, 이만큼 마음이 편하고 즐거웠던 비행은 없었다. 일할 때도 더 열정적으로 할 수 있었고, 손님을 대할 때도 친절함이 배가 되었다. 열심히 일한 당신, 떠나라는 말처럼 체류지에 갔을 땐 웃고 떠들며 소중한 시간을 보냈다. 비록 함께하는 스케줄이 많지는 않았지만, 몇 안 되는 그날들이 행복을 가져다줬음에는 분명했다. 그때 정말 좋았다며 아직도 그 바쁘고 힘들었던 비행을 추억하는 걸 보면.

나를 아껴주는 게 거침없이 느껴졌던 날들 가운데 언니는 결혼한다는 기쁜 소식을 전했다. 결혼하면 나랑 못 놀 테니 그전에 꼭 놀러 가야 한다며, 언니 손을 붙잡고 여행을 다녀왔다. 여행지에서 언니랑 한 거라곤 수다 떨고 사진 찍은 게 전부였다. 어떤 내용을 나눴는지 그리고 지역 특성에 관한 기억은 하나도 없지만, 곳곳마다 떠들고 있는 언니와 내 모습만큼은 또렷하다. 친언니가 결혼하면 이런 기분이 들까 싶을 정도로 내가 다 긴장되던 언니의 결혼식. 식장의 조명과 드레스에 달린 비즈처럼 반짝이는 언니를 보며 영원한 행복을 기원했다. 집들이로 신혼집에 초대받은 날, 언니는 초보 주부인 걸 제대로 티 내며 칼에 손가락을 베인 채 나타났다. 아픔보다 자랑하고 싶은 마음이 앞섰던 언니는 집 구석구석 보여주며 예쁜 신혼집의 표본을 보여줬다.

"나도 언니네 집에서 살고 싶어!"

"너도 빨리 결혼해서 여기로 이사 와!"

언니는 여전히 그곳에서 나를 기다리고 있다. 때때로 아지트처럼 놀러 가 회포를 풀기도 했던 언니의 신혼집은 퇴사한 뒤로 머나먼 곳이 되어 가기 어렵게 됐지만. 그래도 그곳에서 쌓아 올린 나와의 추억은 잊히지 않았으면 좋겠다. 이렇게 책으로 남기면, 기억은 점차 사라져 가도 글이 추억해 주겠지?

"난 남는 게 사람밖에 없다고 생각해."

만날 때마다 이 말을 강조한 친구가 있다. 그 친구만 생각하면 불현듯 저 말이 떠오르는데, 회사를 떠나고 보니 이 말을 실감할 때가 있다. 내가 빠진 회사는 원래부터 없었던 듯 잘 돌아가고 있었으니까. 직원들도 나라는 존재를 잊은 채 살아가는 걸 보며 씁쓸했다.

'내가 뭐라고… 당연한 거잖아?'

'나는 역시 대체 가능한 부속품에 불과했구나.'

이해하면서도 한구석에 슬픔이 스쳤다. 알 수 없는 여러 감정이 들던 때, 나를 웃게 했던 건 언니의 말이었다.

"나 안주랑 비행했는데 네 생각이 났어."

'부속품 하나가 사라졌다는 것을 아는 사람이 있으니 그걸로 됐다.'

별거 아닌 한마디였지만 나를 기억하는 언니 덕에 감정을 정리할 수 있었다. 의도치 않게 맺어진 인연이었지만 내게 귀인이 된 언니. 회사를 떠나서도 끊임없이 안부를 묻는 언니에게 고마움뿐이다. 역시 남는 건 사람인가 보다.

〈성공과 실패를 넘나드는 너에게〉

만약 제가 공과 사를 구별하겠다며 선을 팽팽하게 유지했다면 어땠을까요? 부속품이 사라진 걸 기억하는 이가 아무도 없었을지도 몰라요. 그러니 공과 사 사이에 종이 다섯 장만 끼워요! 열 장은 두꺼워서 어렵고 한 장은 가벼우니까. 누군가 애써 다가오면 마음의 문을 여는 정도, 딱 그만큼 만요.

## 시련은 감당할 만큼만 주어짐을 알기

부서에서 욕받이를 담당하는 사람이 꼭 한 명씩 있다. 드라마나 예능에서 이런 부분을 다루는 걸 보면 모든 회사에 만연한 실태인 듯하다. 승무원은 인원이 많은 만큼 욕먹는 인원도 한두 명은 아니었는데, 각기 다른 사람과 비행하면서도 블랙[9]이 동일하게 겹치는 걸 보면 참 신기했다. 비행은 누구와 함께 가느냐에 따라 그날의 분위기가 결정된다. 그래서 스케줄을 받으면 제일 먼저 확인하는 것은 가야 할 노선이 아닌 크루들이다. 다행히 나는 블랙을 경험한 적이 거의 없는데, 나오더라도 블랙의 면모를 보이지 않거나 특이 사항이 없었다. 물론 블랙의 심기를 건드리지 않기 위해 모두가 살얼음판을 걷듯 조심해서 그런 걸 수도 있겠지만.

---

9) 블랙(black): 동료들 사이에서 피하고 싶은 사람

승무원마다 늘 같은 문제를 겪는 게 하나씩 있다. 나는 매번 홈스[10]에 불리는 고통에 시달렸다. 홈스는 집에서 대기하다가 언제든 부르면 회사로 달려가야 하는 날인데, 부르지 않으면 휴일을 하루 더 받는 셈이다. 안 불리면 좋은 거 아니냐고? 맞는 말이지만, 나는 거의 매번 불려서 홈스를 싫어했다. 24시간 연중무휴인 인천공항 덕에 새벽 4시에도 전화가 오면 오뚜기처럼 벌떡 일어나야 하니, 핸드폰을 손에 쥐고 제대로 잠을 잘 리가. 이렇게 나처럼 자주 불리는 사람은 편히 쉬지도 못해서 차라리 홈스 대신 스케줄이 나왔으면 좋겠다고 투정을 부릴 정도로 불안감이 상당하다.

이처럼 누구는 매번 지연되고, 누구는 늘 응급환자가 발생하고, 누구는 꼭 흡연 승객을 겪는다. 이런 문제 중 하나는 매번 블랙과 비행을 가는 사람이다. 모든 불상사를 다 겪어본 나로서, 이 문제 중 하나만 피할 수 있다면 어떤 걸 선택하겠냐는 질문에 블랙과의 비행을 선택하겠다. 비행할 때 문제가 생겨서 골머리를 앓더라도 사람으로 인해 스트레스를 받고 싶지 않기 때문이다. 회사를 오래 다니면 각각의 블랙 대처법이 생기지만, 방법을 알아도 굳이 겪고 싶지 않은 게 사람 마음 아닐까? 블랙의 따가운 한마디는 등골을 오싹하게 만들어 버리니까.

---

10) 홈스(home stand-by): 자택대기. 거주지에서 대기하며 불시에 임무가 부여될 수 있는 기간

블랙을 요리조리 잘 피해 다니던 행운은 추후 그룹 비행이 생성되었을 때도 적용되었다. 우리 그룹은 왜 이렇게 사랑스러운지, 이 사람들과 비행한다면 매일 일해도 괜찮았다. 물고기 한 마리가 맑은 물을 흐리듯 그룹 내 한 명 한 명도 굉장히 중요했지만, 좋은 분위기를 만들기 위해서는 그룹장이 가장 중요했다. 우리 그룹장님은 비행 중이든 아니든 얼굴에 미소를 늘 띠고 있었다. 오죽했으면 어떻게 그렇게 계속 웃고 있냐고 묻기까지 했다. 그룹장님을 떠올리면 아직도 반달 모양의 눈을 하고 웃고 있는 얼굴밖에 떠오르지 않는다. 모두가 따르고 좋아하는 선배이자, 일도 잘하고 그룹원들을 품을 수 있는 존재. 쉴 때는 취미를 즐기고, 체류지에 가서는 운동하며 자기 관리하는 완벽한 존재. 나는 그룹장님만 보면 존경스러워서 눈에 하트를 달고 쳐다봤던 거 같다. 그런 사람과 일하다니 어찌 행복하지 않을 수 있을까?

그룹에 속한 다른 선후배들도 좋았다. 너 나 할 것 없이 일도 열심히 하고 일 처리도 깔끔하게 하며 서로 배려까지 하니 부족함이 없는 그룹이었다. 그중 특히 좋았던 그룹원은 함께 면접을 봤지만, 입사가 더 빨라서 선배가 된 언니였다.(당시 1, 2차로 나눠서 입사했다.) 비행할 때 의지할 수 있는 사람이 있어서 얼마나 힘이 됐는지 모른다. 우리에게는 특별한 추억이 있다. 스케줄은 달랐지만, 체류지가 겹쳐 언니와 조금 멀리까지 다녀온 기억이다. 평소라면 호텔에서 지박령이 되어

처박혀 있거나 근처에서 밥만 먹고 들어왔을 텐데, 반나절 정도 함께 놀러 간 날이었다. 커플룩도 사 입고 신명 나게 사진도 찍으며 도란도란 이야기를 나누었던 날. 비행이었지만 행복한 여행과도 같은 날이었다.

누구나 직장에서 스트레스를 받는다. 직장인 스트레스 1위는 꼴 보기 싫은 사람을 만나는 것으로, 일하는 것보다 더 힘들다고 한다. 그런 점에서 승무원은 일할 때마다 매번 승객과 크루가 바뀌니 스트레스를 받더라도, 그 비행만 견디면 돼서 좋은 거 같다. 게다가 나처럼 블랙을 피할 수 있는 운이 따른다면 더할 나위 없다. 신은 견딜 수 있는 시련만 준다고, 사람으로 인해 스트레스를 잘 받는 내게 동료로서의 힘듦은 잘 부여하지 않은 듯하다. 엄청나게 가까워졌다거나 껄끄러운 관계가 된 사람도 딱히 없지만, 무난하고 조용하게 회사 생활을 마무리해서 참 감사한 일이 아닌가 싶다.

<성공과 실패를 넘나드는 너에게>

사람은 똑같은 상황이더라도, 그 상황을 받아들이는 역치가 달라요. 사람마다 스트레스를 받는 종류도 다르고요. 내게는 별것 아닌 일이 누군가의 목을 조이기도 하니까요. 만약 당신에게 시련이 주어진다면, 감당할 그릇이 되니까 주어지나보다 생각하는 건 어떨까요? 이까짓 거 별것 아냐!

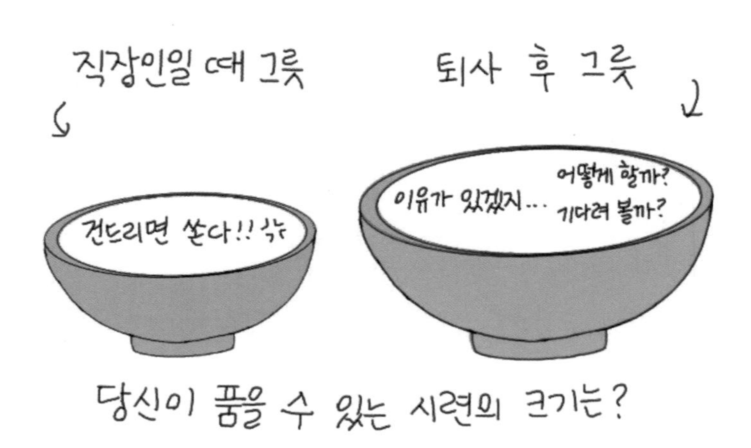

## 맞지 않은 신발 억지로 신지 않기

"만약 당신이 동화 속 공주라면, 어떤 공주일 것 같나요?"

"제가 만약 공주라면 신데렐라일 것 같습니다. 저는 보수적인 부모님과 살고 있어서, 자정이 되기 전에 집에 들어가야 하기 때문입니다. 하지만 제가 승무원이 된다면, 어쩔 수 없이 밤에 밖에 있어야 하는 경우가 많을 것으로 예상합니다. 그럼, 통금 시간을 자연스레 지킬 수 없게 되니까 신데렐라에서 벗어날 수 있을 거라 기대하고 있습니다."

위 내용은 면접을 준비할 때 받은 질문과 대답이다. 신데렐라는 말 그대로 '만약에'라는 가정일 뿐이었다. 나는 여기서 절대 신데렐라가 될 수 없었으니까. 회사 면접을 볼 때, 복장이 필요했는데 입시 때 신었던 구두는 맞지도 않았던 터라 새로 장만했다. 무난한 검정 구두이기만 하면 되니, 가격이 저렴한 강남역 지하상가를 가장 먼저 찾았다.

그런데 눈을 씻고 찾아봐도 260mm인 거인의 발이 들어가는 구두는 볼 수 없었다. 항공사라는 이름을 지닌 왕자가 찾는 신데렐라가 되기 위해서는 눈물을 머금고 비싼 구두를 사야만 했다. 엄마와 손을 잡고 들어간 백화점에서도 사이즈에 맞는 구두를 찾는 건 역부족이었다. 간신히 찾은 곳이 하나 있었는데 가격도 가격인 데다가 편하거나 그리 예쁘지도 않았다. 하지만 어쩔 수 없었다. 그 삐딱구두가 나를 합격이라는 문 안으로 들여보내 줘야 했으니 예쁘다고 말해주는 수밖에.

"이거 신어볼 수 있어요?"
"사이즈 몇 인데요?"
"260mm이요. 255mm도 괜찮아요!"
"여성 신발은 250mm까지만 나와요."

꼭 구두가 아니어도 마찬가지였다. 귀여운 신발이 눈에 들어와 착용해 보려 할 때면, 10곳 중 9곳은 큰 사이즈를 구비하지 않았다. 수요 없는 공급을 할 수 없으니 발이 큰 여성을 위한 신발은 만들 생각조차 하지 않는 것이다. 신발이 크게 나올 때도 있으니 255mm를 신어보고 싶어도 250mm까지만 생산하는 게 일반적이었다. 운 좋게 사이즈가 있어서 신어본다고 하더라도, 눈으로 본 신발과 신어 본 신발의 모습은 달랐다. 발 사이즈가 작으면 신발도 예뻐 보이는데, 발이 크니 거

대한 공룡이 신은 것처럼 보이는 마법을 부렸다.

훈련 기간 동안 정장을 입어야 해서 입사 후에도 못난 백화점 구두를 꿋꿋이 신어야 했다. 그래도 신데렐라인 척 억지로 꾸겨 신지 않아도 되니 다행으로 여기며 거인의 두 발을 안착했다. 훈련을 수료한 뒤 지급된 구두는 각자의 사이즈에 맞춰 나와서 백화점에서 산 구두보다 편했다. 일하면서 신어야 하니 예쁜 것보다 실용성에 초점을 더 맞춰야 했을 터. 예쁜 모양은 아니지만 7cm, 5cm, 단화 이렇게 내 발에 맞는 새로운 신발이 세 켤레나 생겨서 행복했다.

나는 키가 작은 친구들과 있으면 키가 더 커 보일까 봐 평생 어깨를 굽혀가며 작게 만들었다. 자랑스럽기보다 단점이 더 커 보였던 키는 승무원이 되면서 빛을 발했다. 손님이 비행기에서 내리면 승무원은 승객이 놓고 간 짐이 없는지 선반 속을 확인한다. 일반적인 여성이라면 의자 위를 밟고 올라가야 선반 속을 볼 수 있는데, 나는 발꿈치만 살짝 들어도 선반을 훤히 볼 수 있어서 편했다. 길쭉한 키만큼 팔도 길어서 선반에 있는 물건을 빼기도 쉬웠으니 일할 때만큼은 장점이었다.

이왕 큰 거 더 멋져 보이고 싶어서 7cm 구두를 신었는데, 181cm가 넘어가니 싫어하는 사람이 많았다. 키가 작은 여자 선배님들은 더 작아 보일까 봐 싫어했고, 구두를 신은 나보다 더 큰 남자 선배님도 드물어서 대체로 싫어했다. 그도 그럴 것이 대한민국 남자 평균 키가 174cm인데 181cm인 나보다 크기란 흔한 일이 아니었다. 혹여 나보다 크더라도 상대적으로 덜 커 보이는 효과도 있었으니 싫어하는 게 비정상은 아니었다. 그렇게 구두가 생겼다는 기쁨은 현실에 직면하며 신발장으로 직행했고, 더 이상 신을 수 없었다.

신발은 신을수록 밑창과 앞코가 닳는다. 처음 지급됐던 구두가 닳고 닳아 새로 바꿔야 할 때쯤 회사는 지급하는 구두를 변경했다. 모양은 전보다 예뻐졌지만 불편하단 의견이 속출하면서 사제 구두를 허용했다. 신발을 찾기 까다로운 내게는 변경된 구두와 사제 구두 모두 구슬픈 소식이었다. 그러나 한국에서만 찾기 힘들 뿐, 해외에서는 곧잘 발견할 수 있었다. 오히려 기존에 지급했던 구두보다 더 편한 구두를 찾을 수 있었고, 이제 신발을 구매하는 데 힘들이지 않아도 될 거라 확신했다. 하지만 외국에서 사면된다고 허리춤에 두 손을 올리곤 당차게 외쳤던 확신에 코로나가 나를 비웃었다. 하늘길이 막히고 구두 찾는 데 다시 애를 먹으며 종종 지적을 받았다.

"구두 오래 신었죠? 바꿔야겠다."

"앞코가 구멍 뚫리기 직전인데 안 바꿔요?"

“이게 괌에서 산 구두인데 지금 해외를 못 가서 못 바꾸고 있습니다. 너무 바꾸고 싶은데 제 발이 260mm라 구두 찾기가 하늘의 별 따는 것만큼 힘듭니다.”

‘네~ 네~ 당신들이 말 안 해줘도 제가 누구보다 잘 알고 있습니다!’

속마음은 침과 함께 꿀꺽 삼키고는 못 바꾸는 이유를 설명했다. 진짜로 구멍이 뚫리면 어떻게 해서든 바꿔야겠지만 다행히 구멍이 뚫리기 전에 하늘길은 열렸다. 일각에서는 불편해진 회사 구두라도 마련해야 한다는 의견이 있을 수 있다. 이에 대해 변명을 구구절절 늘어놓자면 이러하다. 첫째, 신발은 신어봐야 맞는지 안 맞는지 아는데 260mm는 신어볼 수가 없었다. 둘째, 코로나 시기에는 물품을 신청하면 수개월에 거쳐서 지급됐다. 셋째, 오랜 기다림 끝에 받았는데 맞지 않으면 소중한 회사 포인트만 소진하는 꼴이다. 넷째, 코로나가 언제 끝날지 몰라서 일단 기다려보자고 생각했다. 다섯째, 휴직이 길어지면서 구두를 신을 일이 거의 없었다.

나는 회사 다니는 내내 구두 하나만으로도 다양한 에피소드가 쏟아졌다. 면접 볼 때만 해도 내가 신데렐라라며 자신감 넘쳤던 모습은 온데간데없고, 회사에 맞는 구두를 신기 위해 억지로 끼워 넣으려 노력했던 의붓언니처럼 살았다.

'아냐, 내가 신데렐라야. 나는 신데렐라야.'

주문을 외워가며 눈 가리고 아웅 한 꼴이다.

옛날에는 이해할 수 없었다. 누가 봐도 좋은 직장, 남부러운 직업을 가졌으면서 대번에 그만두고 어려운 길을 걷는 이들을. 승무원이 모두가 소원하는 직업은 아니겠지만, 100:1이 넘는 경쟁률을 뚫어놓고 퇴사하는 걸 이해하지 못할 테다. 이것저것 재고 따지며 눈앞을 가렸던 막을 치우고 명확하게 세상을 보며 느꼈던 게 있다. 그들은 결코 대번에 포기한 게 아니었다는 사실이다. 수없이 고민했을 거고 나처럼 주문을 외워가며 그 자리를 지키려 노력했을 테다. 신데렐라가 아니라는 사실을 깨닫고 인정하기까지 오랜 시간이 걸렸을 테다.

어쩌면 그들이 포기한 건 직업이 아닐지도 모르겠다. 꿈꿔온 페르소나로 덮어씌우려 했던 나 자신을 내던진 걸 수도 있지 않을까. 어쩌면 그들이 직업을 포기하고 얻은 게 진정한 나 자신일지도 모르겠다. 그래서 남들이 보기엔 어려운 길을 가는 것처럼 보일지라도, 자기 자신은 어려운 길을 포기하고 쉬운 길을 선택한 걸 수도 있지 않을까. 이곳에서는 신데렐라가 아닌 의붓언니였을지라도, 다른 곳에서는 신데렐라가 되길 바라며.

<성공과 실패를 넘나드는 너에게>

당신도 이건 내 길이 아니라는 걸 알면서도 고집을 부리고 버텼던 게 있나요? 포기하는 것, 그만두는 것, 쉽게 질리는 것. 우리 참 잘하는 것들인데 왜 직장은 쉽게 그만두기 어려운 걸까요? 생각해 보세요. 할 수 없는 것을 억지로 하려는 건 아닌지. 때로는 빠른 포기가 도움이 되는 법이잖아요.

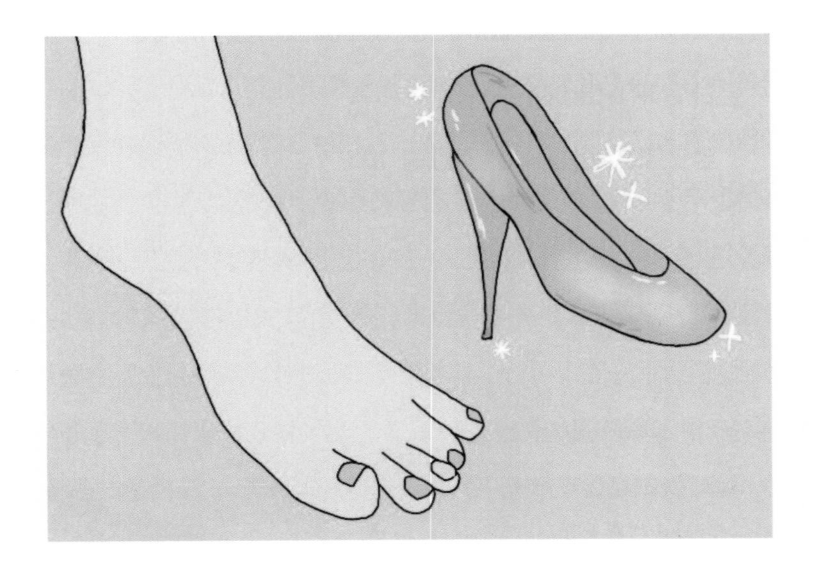

직장 생활에 실패하고

살아남기 위해 도전하는 너에게

걷는 발걸음마다 그냥 넘어간 적 없이 꼭 넘어졌던 너.

옆에서 제대로 걷는 사람들을 보며 얼마나 부러웠니?

어쩌면 네가 옆을 보느라 더 넘어졌는지도 몰라.

그래도 잘 견뎌내서 고마워. 몇 번이고 넘어졌지만, 다시 일어나 걸어줘서 말이야.

앞으로도 그렇게 다시 일어나 줄 거지?

PART 3.

# 새로운 삶을 찾아,
# 다시 이륙하겠습니다!

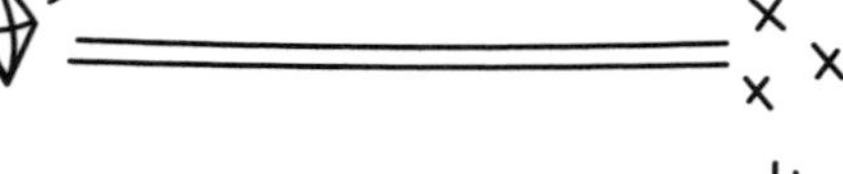

안 그래도 우여곡절 겪으며 회사 생활 하고 있는데,

갑자기 대공황에 빠져 집에 갇히다니!

아무도 예측할 수 없었던 코로나19의 전망, 2년이 넘게 유지된 거리 두기.

당신에게는 어떤 변화가 있었나요?

저는 몰랐어요, 항공업계의 앞날과 제 미래를.

결국 새로운 삶을 찾아, 퇴사하게 된 그날까지도.

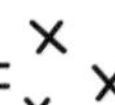

## 인생은 계획대로 흘러가지 않음을 깨닫기

"지현아, 요즘 중국에서 무슨 질병으로 심각하다던데 너희 여전히 중국 가?"

"응? 나 지금 중국인데 아무 일도 없어!"

"그래? 나도 곧 중국 갈 일이 있는데 혹시 못 가게 될까 봐서."

"아~ 딱히 무슨 일 있는 거 같지는 않아 보여! 운항 일정도 취소된 거 없어."

중국으로 비행을 갔을 때, 직접 아무 일도 없는 걸 확인했다. 비록 공항 내에서 중국인 몇 명 본 걸로 아무 일도 없네 마네 아는 체한 거지만, 문제가 있었다면 변화를 감지했겠지 싶어 했던 말이었다. 며칠 뒤, 제주도로 비행을 가게 되었는데 이틀간 체류하게 된 연유로 크루들과 외출 계획을 세웠다. 맛있는 음식을 먹고 꽃밭에 들러 사진을 찍은 뒤, 카페에서 커피 한 잔 마시고 숙소로 돌아오는 깔끔한 계획이었다. 그런데 중국에서 뭔 질병이 전 세계에 일파만파 퍼지고 있다는 소식을 접하게 되면서, 약국에서 마스크를 사는 일정을 추가했다. 마지막 일정을 소화하기 위해 약국에 방문했는데, 문을 열기도 전에 놀라운 광경을 목격했다. 중국인들이 30L쯤 되어 보이는 큰 비닐봉지에 마스크로 전부 채워서 양손 가득 들고 가는 장면이었다. 약국에서 바글거리며 대량 구매하는 중국인들 탓에 우리는 마스크를 한 개씩밖에 구매하지 못했다.

'대체 이게 무슨 일이지?'

'혹시 모르니 일단 보호하자.'

공항으로 이동한 뒤에는 더 놀라웠다. 영화에서 본 것처럼 전신을 봉지 같은 걸로 무장 보호한 사람들이 돌아다녔다. 게다가 마스크가 담긴 봉투를 몸에 이고 대거 이동하는 중국인을 보며 입이 저절로 벌어졌다. 이를 보자마자 나 역시 마스크를 착용했고 왠지 모를 심각성을 느꼈다. 이내 회사에서도 비상 대책을 내놓았다. 우리 비행기의 목적지가 중국은 아니었지만, 비행기를 타러 가는 순간부터 돌아올 때까지 몸에 긴장을 늦출 수 없었다. 승객 중 대다수가 마스크를 쓰고 있었고 아까 말했던 전신 무장한 사람도 속속들이 보였기에 겁이 났던 게 사실이었다.

영화에서만 봤던 장면들이 눈앞에 펼쳐져서 너무 무서웠는데, 전 세계는 중국만의 일이라고 생각했던 것 같다. 혹은 단순 메르스나 신종 플루 정도의 질병이라고 생각한 줄도 모르겠다. 중국에서 상황이 심각하다는 영상이 속수무책으로 올라오는데도, 서로 눈치싸움을 하며 비행길을 끊지 않았던 걸 보면 말이다. 모두 이렇게 대처하는 데에는 틀림없이 이유가 있을 거라고 믿었다. 하지만 코로나19 감염 예상자가 직원들 사이에서 속출하면서 스케줄에 구멍이 뻥뻥 뚫렸다. 구멍을 막기 위해 크루들의 스케줄 변동이 잦아졌고 이어 확진자 또한 급증했다. 나도 땜빵을 위해 지방으로 KTX를 타고 이동하고, 해외로 향하는 등 무섭고 바쁜 일정이 이어졌다. 그러던 어느 날, 쉴 틈을 주지 않던 스케줄은 한순간에 아무것도 적히지 않은 탁상 달력처럼 깨끗한 빈칸을 보여주었다. 밖에 돌아다니지도 못하고 집에서 멍하니 창밖을 쳐다보고 있는데 회사에서 전화가 왔다.

"지현 씨, 내일부터 회사에 나오지 않아도 괜찮을 거 같아요."

"아…. 지금 상황이 많이 안 좋습니까?"

"네, 지금 다른 항공사들도 줄지어 휴항하기로 했고 전 세계의 하늘길이 막히고 있어요."

"어쩔 수 없겠지만, 금방 잠잠해지지 않겠습니까? 너무 개의치 마십시오."

"앗싸!! 스케줄 엄청 바쁘더니만 자유가 생겼잖아? 한 달 동안 뭐 하지? 빨리 결정해야 해!"

한 달의 휴직 결정을 통보받고, 통화가 종료된 화면을 확인 뒤 소리쳤다. 통화 내용처럼 진짜로 걱정하지 않았다. 금방 잠잠해질 줄 알았으니까.

〈성공과 실패를 넘나드는 너에게〉

당신에게 한 달간 휴직할 수 있는 시간이 주어진다면, 무얼 할 건가요? 인생은 알 수 없는 타이밍에 당신에게 기회를 줘요. 지금 해보라고요. 그때 당신은 하고 싶은 일을 바로 실행에 옮길 수 있나요? 인생에 몇 없는 기회! 잡아야죠!

## 우물 안에서 벗어나기

직장인이라면 누구든 '딱 한 달만 출근 안 하고 쉬고 싶다.'라고 생각한 적이 있을 테다. 나 또한 마찬가지였다. 그런데 바이러스 덕분에 쉼을 얻다니! 비행길이 끊길 만큼 심각한 상황이었지만, 이전에 겪었던 팬데믹처럼 금세 지나갈 거라 여겼다. 그래서 짧은 기간 동안 할 수 있는 게 무얼까 고민하다가 내린 결정은 바디프로필 촬영이었다. 코로나로 인해 어딘가에 오도 가도 못하는 사람들에게 유행을 타기 시작했던 때였다. 헬스장 기구를 이용할 줄은 몰랐지만, 평소 운동을 가까이하려고 노력했기에 거부감도 없었다. 때마침 남자친구와 이별하면서 쪽- 빠진 살과 콩알만 해진 위가 이번 도전에 도움이 될 거라 자신했다.

가장 먼저 할 일은 바디프로필을 성공적으로 찍게 해줄 PT 선생님

만나기였다. 헬스장에서 상담하는데, 말라 보여서 뺄 살이 있을지 모르겠다는 말을 들었다. 순간 입이 귀에 걸렸지만 인바디는 가감 없이 체지방을 수치로 증명해 보이며 귀에 걸린 입을 턱까지 끌어내렸다. 바디프로필을 촬영할 때, 일반적으로 남자는 8~10%, 여자는 17~19% 체지방률을 만드는 게 일반적이었다. 촬영 전 체지방률 26%였고, 18%까지 감량하기로 목표를 설정하면서 바로 지옥 훈련을 시작했다. 식단은 소량의 샐러드, 손가락 2개 합친 크기의 고구마, 닭가슴살이나 달걀이 주를 이뤘고 중간에 먹는 요거트나 바나나가 큰 행복을 차지했다. 재밌는 건 제일 싫어하는 과일이었던 바나나가 이때는 세상에서 가장 맛있는 음식이었다는 사실이었다.(지금은 이전보다 더 싫어해서 쳐다보지도 않는다!) 운동은 아침 공복 유산소 1시간, 점심 근력운동 1시간 후 유산소 30분, 저녁 유산소 1시간. 이렇게 준비 운동과 씻는 시간까지 포함하면 헬스장에서 하루에 5시간 이상씩 소요했다.

바디프로필은 대체로 100일 전후의 기간을 갖고 준비한다. 모든 사람이 100일 동안 쑥과 마늘만 먹었던 곰처럼 살아야 하는 건 아니다. 내가 식단과 운동을 극단적으로 할 수밖에 없었던 건 언제 휴직이 끝날지 몰라 단기간에 이뤄내야 했기 때문이었다. 비행하면 불규칙한 생활을 피할 수 없어서, 밥도 잠도 운동도 원하는 시간에 할 수 없다. 그러니 온종일 바디프로필에 시간을 투자한다고 하더라도, 원하는 대로 할 수 있을 때 최선을 다하고 싶었다. 하지만 평일 아침은 공복 유산소를 가야 해서 일어나기 싫었고, 저녁에는 다음 날 반복되는 운동이 힘들 걸 알기에 잠들기 싫었다. 저녁에 하는 유산소가 힘들어서 헬스장이 닫기 직전까지 버티다가 간 적도 많았다. 늦은 시간에 운동을 마쳤으니 뇌가 깨버려 잠자리에 들지 못하는 날도 많았다. 헛헛함을 채우기 위해 부어대던 아메리카노도 수면 방해를 착실히 도왔다. 정신적으로, 육체적으로 극단까지 몰아가니 중간에 기권을 외치기도 했다.

매주 토요일에 치팅데이가 있어서 가까스로 멘탈을 지킬 수 있었다. 원래 치팅데이란 건강한 음식을 평소보다 더 섭취할 수 있다는 의미이다. 그러나 늘 치팅데이가 아닌 폭식데이를 가졌다. 실패 없는 폭식을 위해, 매일 토요일에 먹을 음식 리스트를 빼곡히 적으며 멘탈 관리했다. 음식을 먹을 수 있는 시간은 오후 4시까지였다. 온종일 먹는 게 아니라 시간이 한정되어 있다니! 먹고 싶은 음식을 다 먹지 못할까 봐 아침부터 입에 구겨 넣을 음식들을 미리 식탁에 세팅해 둔 후, 굶주린 배를 안고 잠들었다. 친구들과 약속을 잡는 건 필수였다. 혼자 먹으면 다양한 음식을 먹지 못하는데 친구들과 먹으면 가능했으니까. 눈앞에 보이는 음식을 전부 해치워버리겠다는 당찬 포부와 달리, 위는 쪼그라들어 도통 들어가질 않았다. 억지로 쑤셔 넣겠다며 미련하게 먹었다가 체하기도 하고 토하고 싶다며 약을 먹기도 했다. 이런 나를 보고 친구들이 얼마나 한심하게 봤을지 안 봐도 훤하다.

한 달만 휴직하기로 했지만, 불행인지 다행인지 한 달이 더 연장되었다. 덕분에 운동에 집중할 수 있었고 단 두 달 만에 바디프로필을 성공적으로 마쳤다. 키가 커서 다른 사람들만큼 체지방을 줄이기는 어려울 거라는 PT 선생님의 말을 무시하고 무대포로 들이받은 덕이었을까. 체지방은 목표했던 18%에 달성하여 촬영할 수 있었다. 30년 인생을 살며 가장 멋진 몸을 가진 때였다. 친구들을 만나면 복근과 엉덩이를 만지기에 바빴고 지금이 전성기라며 박수받았다. 헬스장에 오는 여성 중에서 나처럼 되려면 어떻게 해야 하냐며 문의를 한 사람이 있었다. 어떤 이는 바디프로필을 찍겠다고 왔는데 내가 했던 운동과 식단을 보여주니 고개를 저으며 안 하겠다는 사람도 있었다. 헬스장에 있는 선생님들도 칭찬 일색이었으니, 열심히 했다는 건 그 누구도 부정할 수 없는 사실이었다. 하지만 두 가지 문제가 생긴다. 첫째는 칭찬은 고래도 춤추게 한다고 자존감이 올라가다 못해 안드로메다까지 가버린 것이었다. 주변에서 아무리 칭찬한다고 하더라도 스스로 인정하지 못했다면 우주까지 닿지는 않았을 텐데, 스스로 흡족했으니 두말할 것도 없었다.

"나처럼 열심히 운동하는 사람도 없을 거야, 그렇지?"

"우물 안 개구리야 너. 너보다 열심히 운동하는 사람이 얼마나 많은데."

"하루에 5시간씩 운동하는 사람이 어디에 있냐!"

당시에는 나를 무시하는 거 같아 마스크에 숨어 입을 삐쭉 내밀고는 흥– 하고 볼멘소리를 내었다. 그런데 다른 헬스장에 방문하면서 PT 선생님이 교만한 내 마음을 꿰뚫었다는 걸 깨달았다. 멋진 몸과 엄청난 무게로 고독한 싸움을 벌이는 '헬창'들을 마주했으니까. '어머, 나는 개구리 수준도 안 되겠는데?' 하며 부끄러웠던 기억이다. 사실 이때만 느낀 건 아니었다. 코로나 기간이 길어지면서 자취방은 그대로 두고 부모님 댁에서 살았는데, 거처를 옮긴다고 헬스장도 이중으로 끊을 수 없지 않나. 거주지가 운동을 멈추게 한 핑계가 되었다. '운동을 얼마나 열심히 했는데 이거 잠깐 안 한다고 설마 돌아오겠어?'라고 멍청한 판단을 내린 것도 한몫했다. 고작 두 달 운동했다고 그 몸이 평생 갈 거라고 확신했다니….

더 부끄러운 건, 다시 그때로 돌아가기 위한 노력은 보태지도 않으면서 '바디프로필 찍은 적 있다.'라며 떠들고 다니는 나 자신이었다. 더 멋진 몸을 갱신하기 위해 운동하지는 못할망정, 우물 안 개구리처럼 '난 저 때가 최고였어!' 하고 스스로 위안하는 격이었다. 이후 운동을 전혀 안 했던 것은 아니다. 하루에 세 번까지 가지는 않더라도, 매일 두 시간씩 탄탄한 몸을 만들기 위해 투자했다. 그런데 그 의지는 늘 석 달을 넘어가질 못했다. 나는 점진적으로 무거운 무게를 들 수 있게 되면서 굉장한 쾌감을 느끼는데, 석 달까지는 쑥쑥 올라가던 무게가 어느 순간 지지부진해지면 흥미가 사라졌다. 석 달 운동하고 두어 달 쉬다가 다시 운동하기를 반복하니, 근육이 커지지 않는 건 기정사실화였다. 도리어 운동하는 법을 까먹어서 자세도 헝클어지고 엉망진창이 됐으니 얼마나 눈물겨운 일이던가.

또 다른 문제가 하나 더 있었는데, 극단적인 식단과 운동으로 월경을 하지 않았다는 거다. 바디프로필을 찍는 여성이라면 일반적으로 생리불순을 겪어서 당연히 여기는 사람들이 있다. 주기적으로 일어나야 할 현상이 발생하지 않는다는 것은 몸에 결코 좋은 상황이 아니다. 그러니 민망하더라도 PT 선생님한테 꼭 말해서 운동 강도나 식단을 조율할 필요가 있다. 나는 바디프로필 촬영이 끝나자마자 생리해서 다행이었지만 이어 폭식증이 찾아왔다. 그간 먹지 못해서 보상 심리가 작용했는지, 한 끼에 짜파게티 네 봉지를 먹었다. 치킨 한 마리와 케이크 한 판을 먹은 적도 있었고 빵을 5만 원어치 사서 먹는 게 일상이었다. 삼시 세끼를 챙겨 먹고도 출출해서 24시간 먹을 걸 찾았으니 무척 심각한 상태였다. PT 선생님은 내가 과하게 흡입하고 있는지 몰랐다. 체중이 급격히 불어나고 있다는 말에 갑작스레 나트륨이 한꺼번에 들어와서 증가한 거라며 대수로이 여겼다. 그렇게 52kg까지 감량했던 체중은 멈출 줄 몰랐던 폭식증으로 이주 만에 68kg까지 증량했다. 한 달 뒤에 폭식증이 멈추고 체중 또한 줄었지만, 바디프로필을 찍기 전 기존 몸무게로 돌아오지는 않았다. 극단적인 식단을 해도 이전처럼 체중계는 변동이 없었고, 운동해도 여전히 지방은 두둑했다.

그때로 돌아간다면 바디프로필을 또 찍으실 건가요? 라고 묻는다면 언제나 예스다. 사람은 추억을 먹고 산다고 한다. 젊은 날 최고로 예뻤던 경험이 있다는 건 행복한 일이다. 비록 지금이 아니라 우물 안 개구리를 바라보는 꼴이더라도 말이다. 그때를 회상하는 것은 행복을 추억하는 일과 같으니까. 우리는 늘 한계에 부딪힌다. 촬영을 준비하던 매일의 나는 늘 나와 싸우며 한계를 부쉈다. 그날을 떠올리면 왠지 어떤 두려움도 헤쳐 나갈 수 있을 거라는 자신감이 생긴다. 그러니 지금 자신이 마음에 들지 않더라도 괜찮다고 말하고 싶다. 이미 이뤘던 경험이 있으니 무엇이든 할 수 있다고. 지금은 잠시 멈춰 있는 것처럼 보여도, 쏜살같이 달려가 멋진 쾌거를 이룰 날이 또 올 거라고. 만일 그날이 오지 않더라도, 한 번이라도 이뤄본 경험이 있으니 욕심부리며 힘들어하지 말자고.

〈성공과 실패를 넘나드는 너에게〉

당신은 본인의 잘난 맛에 취한 적이 있나요? 무언가 1등을 해봤거나 예상치 못한 쾌거를 맞이했을 때요. 나 잘났다 칭찬해 주는 건 좋지만, 내게 갇혀 더 나아가지 못하는 것은 결국 퇴보하게 만들기도 해요. 우물 안에서 연못으로, 호수로, 강으로 그렇게 자기 세계를 넓히는 건 어떨까요?

## 회사는 갑자기
## 사라질 수 있음을 유념하기

코로나로 인해 전 세계가 멈췄다. 지구인들은 감옥에 갇히기라도 한 듯 속절없이 몸을 배배 꼴 때, 지구는 어느 때보다 맑은 하늘과 공기를 뿜어냈다. 대중교통으로 출퇴근하는 사람들이 코로나 유행을 돕자, 재택근무를 시작했다. 자영업자는 영업시간과 수용 인원이 제한되면서 사람들은 꼼짝없이 집을 지켜야 했다. 외식도 못 하니 배달 음식을 주문하는 경우가 대폭 상승했는데, 비대면 거래로 배달이 완료되면 음식만 덩그러니 놓여 있었다. 그리고 2,000원이면 한 박스를 사던 마스크는 약국에 줄을 서서 한 장에 2,500원에 구매하는 기이한 현상들이 발생했다.

난생 처음 경험하는 놀라운 일들이었지만, 의료 기술이 나날이 발전하는 시대에 살고 있으니 대번에 코로나가 종식될 거라고 호언장담

했다. 예상했던 시기를 넘어 상황이 종료될 기미를 보이지 않자, 어느 순간 두려움에 사로잡혔다. '이러다 회사가 망하면 어떡하지?'라는 생각이 뇌리에 박힌 건 타 회사의 해고 소식이었다. 외항사, 국적사 할 것 없이 너도나도 해고하는 마당에 갈 곳이 없어질 수 있다는 건 큰 문제였다.

'뭐부터 하지?'

'일단 취업할 때 취득하는 기본 자격증부터 따자!'

여행업계는 팬데믹에 취약하니, 이번에는 전공과 관련 없는 직종을 준비하고자 했다. 하지만 지금까지 전공에 맞춰 직업을 선택해 왔던 터라, 뭐부터 해야 할지 전혀 알 수가 없었다. 친구들이 취업할 때 어깨너머로 보아하니, 어학을 제외한 필수 자격증은 한국사능력검정시험과 컴퓨터활용능력 시험이 있었다. 둘 중 뭐부터 할지 고민할 필요는 없었다. 학창 시절 한국 역사의 소설 같은 이야기를 좋아해서 역사 공부에 목말라 있었기 때문이다. 역사 말고 국 · 영 · 수나 잘하라는 말에 일찌감치 관심이 사그라들었었는데, 이번에 불씨를 다시 지피게 됐다. 일타 강사 최태성 선생님의 기가 막힌 교재와 강의는 나를 한국사로 빠져들게 했다. 자격증 취득을 목표로 시작한 공부였지만 한때는 눈물을 흘리며 분노하기도 하고, 화를 참지 못해 공부하다가 욕을 내뱉기도 했다. 한국사를 진심으로 대한 나를 발견한 값진 경험이었다.

한국사능력검정시험은 심화와 기본으로 급수 체계가 개편되었는데, 쉬운 이해를 위해 이전 1급~6급 체계로 설명하겠다. 1급을 맞기 위해서는 상위 15~20% 정도 되는 점수인 80점 이상을 달성해야 했다. 80점을 목표로 공부하면 1급에 합격하지 못할 게 빤했기에, 100점을 목표로 모든 걸 통달한 듯 공부했다. 평소에 핸드폰을 달고 살아서 연락이 안 되는 때가 거의 없는데, 공부에 집중한다고 연락을 받지 않았다. 아침에 나가 카페가 문 닫을 때까지 공부했으니 부모님이 나를 기이하게 여겼다. 학창 시절에도 열심히 공부하는 척하더니 결과물이 안 좋았던 나였기에, 별다른 기대가 없는 듯 보였지만. 2주간 몰입을 거친 후에 치른 첫 시험에서 1급 취득을 이뤄냈다. 바디프로필에 이어 두 번째 성공이었다. 그래, 나도 하면 되는 사람이라니까? 승무원도 한 번에 척! 붙었잖아! 바디프로필도 해낸 사람이라고! 입사 준비할 때처럼 모든 일이 잘 풀리는 것 같았다. 이 기세를 몰아 바로 다음 도전인 컴퓨터활용능력 1급 시험을 향해 나아갔다.

한국사능력검정시험을 본 날은 쉬고 다음 날 바로 필기시험을 공부했다. 컴퓨터활용능력 필기시험은 기출문제를 많이 접하면 쉽게 합격할 수 있을 거란 말에 이틀가량 미친 듯이 문제를 푼 뒤 합격이라는 두 글자를 볼 수 있었다. 문제는 실기였다. 고난도 문제가 대량 출제되어 한 번에 합격한다는 생각은 버리고 시험 접수를 여러 개해야 한다는 말에 지레 겁을 먹었다. 그도 그럴 것이 합격률을 확인해 보면, 15% 안팎이었으니까. 공부하면서 제대로 풀리지 않는 문제 때문에 마우스도 집어 던지고, 키보드도 피아노 치듯 뚱땅뚱땅 두들기며 분통 터졌다. 신경질을 낸 뒤에 포기하지 않고 다시 의자에 앉을 수 있었던 건 PT 선생님의 말 덕분이었다.

"쌤, 드디어 바디프로필 끝났는데 소감 한 말씀 부탁드립니다!"

"시키는 대로 잘 따라와 줘서 고마웠어. 사실 운동 시킬 때 한계치까지 시키는 거거든. 네가 여기까지 못 할 걸 알면서도. 그런데 너는 시킨 걸 다 하면서도, 이 악물고 하나라도 더 하려고 하더라."

"어쩐지! 사람이 할 수 있는 게 아니었어!"

그때는 칭찬이니까 마냥 신나서 들었던 말이었는데, 시간이 흘러 자꾸 떠오르는 걸 보니 응원이 되는 말이었나 보다. 그래서 노트북 부실까? 하다가도 진검승부는 지금부터다! 하며 다시 마음을 가다듬었고 또 한 번에 실기 시험을 붙어버렸다. 컴퓨터활용능력 시험 실기는 결과를 2주 뒤 금요일에 확인할 수 있다. 결과를 꽤 늦게 알려주니까 대게 몇 차례 시험을 더 치른다. 합격한 느낌에 더 이상 시험을 치르지 않았다가, 불합격한 걸 보고 재시험을 치러야 하는 낭패를 겪을 수 있기 때문이다. 하지만 나는 첫 시험을 봤을 때, 이중 검토까지 완료한 상황이었고 100점이라는 확신까지 들어 뒤에 남은 모든 시험을 취소했다. 시험 결과가 나왔을 때, 점수는 표기되지 않아 알 수 없었지만, 합격 문구를 보고 회심의 미소를 지었다. 첫 시험이 결전의 날이었을 줄이야!

"머리가 이제 트였나 보네. 이렇게 공부했으면 서울대도 갔겠다."

누차 무언가를 이뤄가는 걸 본 아빠는 은근히 대입 공부를 다시 하는 건 어떨지 제안했다. 저런 말을 하는 데는 내 탓도 있었다. 이전에는 공무원이 되기 위해서는 한국사가 필수 과목이었다. 하지만 한국사 시험이 한국사능력검정시험 1급으로 대체되면서, 아빠에게 나는 공무원 시험에 2주 만에 합격한 딸이었다. 게다가 컴퓨터활용능력 시험은 합격률이 15%밖에 되지 않으니 기대하지 말란 말과는 다르게, 단번에 합격증을 받아 깜짝 놀랐던 것이었다.

"이거 기본 자격증이야. 고작 몇 개 땄다고 허파에 바람 넣지 마쇼!"

어릴 적 신나는 일이 생기면, 흥분을 감추지 못하고 어쩔 줄 몰라 했다. 부모님은 그런 나를 보고 허파에 바람 들었냐며 진정시키기 바빴었는데, 이번엔 내가 말할 차례였다. 어쩌면 양파처럼 까도 까도 나오는 합격 문구에 허파가 터질 정도로 바람이 들어간 건 또 나였을지도 모를 테지만.

<성공과 실패를 넘나드는 너에게>

회사가 갑자기 사라진다고 생각해 본 적 있나요? 와, 상상도 못할 만큼 끔찍하던데요! 그래서 저는 단기간에 성과를 이뤘는지도 모르겠어요. 비록 기본 자격증이었지만요. 당신도 어느 때에 어떻게 위험이 닥쳐올지 몰라요. 예상치 못했던 코로나처럼! 무엇이든 미리 준비해서 나쁠 건 없지 않을까요?

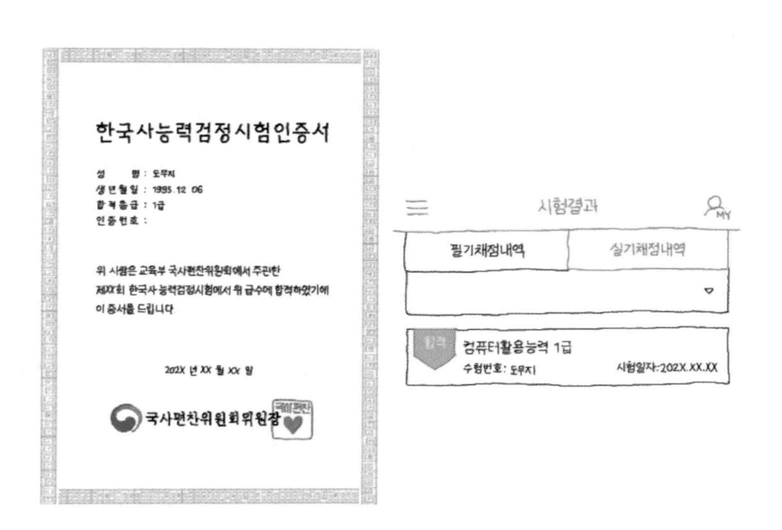

## 티끌만 한 경험을 쌓아 태산으로 만들기

기본 자격증 하면 떠오르는 게 또 있는가? 나는 테크 트리[11]처럼 토익, 토스 그리고 제2외국어를 떠올렸다. 입사할 때 이미 다했던 거라 또 하고 싶지는 않았지만, 언제까지나 하고 싶은 것만 하며 살 수는 없는 법. 당연하다는 듯이 토익 공부 방법을 찾아 인터넷을 수색했다. 아차! 독자들이 혹시라도 잊었을까 말해두는데, 이때도 여전히 승무원 신분이었다. 줄곧 휴직하긴 했지만 연달아 몇 개월씩 일한 것은 아니었다. 대략 석 달에 한 번 주기로 비행했으니 자격증을 준비할 때도 비행을 병행했다. 해외로는 갈 수 없으니, 스케줄이 널널해서 할 수 있는 일이었다. 토익 공부 역시 비행과 병행하며 진행했어야 했는데, 6개월 가까이 여러 도전을 해 온 탓이었을까 눈에 잘 들어오지 않고

11) 테크 트리(tech tree): 전략 게임에서 사용하는 단어로, 다음 단계를 위해 기술이나 경험을 습득하거나 투자하는 것을 의미. 일상에서는 인생의 방향에 따른 계획이나 단계, 과정을 의미

집중도 되지 않았다. '영어라서 그런가?'라는 생각에 공기업을 겨냥한 NCS 교재도 사보고 일본어 문제집도 사봤지만 역부족이었다.

"지루한 일상에 새롭고 재미난 일이 뭐가 있을까?"
"아지야, 너와의 추억을 인스타그램에 올리는 건 어떨까?"

질문을 들은 아지가 갸우뚱거리는 걸 보니, 꼭 함께 고민해 주는 느낌이었다. 그리고 아지는 나와 함께한다는 이야기에 기뻤는지 몸을 빙그르르 돌며 웃는 얼굴을 보였다. 즉시 아지의 계정을 만들어서 이 날을 기준으로 한 달 만에 1,500명 팔로워라는 쾌거를 이뤘다. 쾌거라기에 팔로워가 많은 건 아니지만, 단기간에 모은 거 치고는 선방했다고 본다. 이때는 숏폼이 유행했던 때도 아니어서 팔로워를 모으는 게 그리 쉽지는 않았으니까. 소통하는 분들 덕분에 진귀한 경험을 했다. 여기저기 협찬도 받고 서포터즈도 하며 직접 이벤트와 공구도 직접 진행했다. 특히 크리스마스 시즌을 맞아 선물이 매일 집에 도착했는데, 택배 상자가 집 앞에 놓이면 아지는 본인의 거란 걸 알아차린 듯 항상 택배가 왔다고 알렸다. 내가 사주지 못하는 맛있는 음식들, 재밌는 장난감을 아지가 잔뜩 갖게 돼서 참 행복했다. 부모는 자식이 먹는 것만 봐도 배부르다고 하던가. 웃기지도 않은 소리라며 비웃었는데, 내 크리스마스 선물은 하나 없어도 아지에게 마음껏 주어지니 이보다 배부를 순 없었다.

아지에게 주어진 선물은 마냥 공짜는 아니었다. 매번 먹는 모습을 촬영하고 입기 싫어하는 옷을 입히고 털을 빗으며 몸가짐을 정리했으니까. 최대한 아지가 싫어하는 건 안 하고 싶은데 싫어하는 행동만 한 건 아닐까? 과연 아지도 나처럼 행복했을까? 역지사지로 생각했다. 아지를 모델 삼아 인스타그램 팔로워 수 올리기에 혈안이 되어 있었던 건 아닌지 자문하는 시간도 가졌다. 아지를 행복하게 만들기 위한 목적을 1순위로 두고 계정을 운영하고 있었던 게 맞았을까? 아지는 그냥 나랑만 있어도 행복한 아이였는데 내가 아지를 욕심쟁이로 투영한 건 아니었을까? 하며 아지에게 초점을 맞춰 생각했다.

"나 좋으라고 하니? 너한테 좋은 거야!"

부모님이 우릴 위해 하는 것들이 우리에게 마냥 행복한 건 아니듯이, 아지를 위해 하는 게 아지에게 행복한 건 아닐 수 있었겠다며 생각에 마침표를 찍었다. 아지와 제대로 눈을 맞추니 인스타그램도 뜨문뜨문하게 되었지만, 또 한쪽에서 새롭게 무언가를 할 궁리를 했다. 이다음 스텝은 그림이었다. 한창 중고 거래 플랫폼인 당근마켓에서 '그림 그려드립니다.'가 유행이었는데, 나도 생각 없이 그림을 그려 판매했다. 예상외로 만족도가 높았고, 인원수나 복잡한 정도에 따라 가격이 크게 벌어졌다.

어릴 적 언니는 그림을 잘 그려서 '백만 불짜리 손'이라는 별명을 갖고 있었는데, 그 손으로 무탈하게 대학까지 입학했다. 언니가 손이 아닌 머리로 그리는 미래는 예술 분야가 아니어서 방향을 바꾸게 되었지만. 미술이라면 온통 언니가 배우는 탓에 미술에 미음 아니, 미음의 한 획도 그어보지 못한 나는 그림과 거리가 멀다고 생각했다. 그리고 부모에게 상속받은 유전자 중 예술 분야는 언니가 싹 다 가져갔다고 단정 지었다. 그렇게 아예 잊고 살아가던 그림을 갑자기 그려서 판다뇨? 그것도 내가? 가족 모두 어이없어하는데 과자 10봉지 정도는 사 먹을 수 있는 수준의 수입이 있었으니 감격스러웠다. 혹시 비웃고 계시나요? 요즘 과자 비쌉니다. 땅 파면 500원 주울 수 있을 거 같나요! 요즘은 놀이터도 다 우레탄 고무 매트라 팔 땅도 없을 텐데요!

아지의 인스타그램 운영을 중단하고 더는 SNS를 할 생각이 없었다. 그런데 '내가 브랜딩이 되어야 한다.'라고 외치는 세상에 못 이겨, 현재는 서평이 담긴 북스타그램을 운영하고 있다. 이제 예쁘고 잘생긴 얼굴만으로 클릭이 유도되는 시대는 지났다. 외모는 기본이고 구미가 당기는 영상이 쏟아지는 요즘이니까. 그러니 재미없는 서평을 남기는 계정이 눈에 들어올 리가 있나! 눈에 잘 띄게 카드 뉴스를 만드는 것도 중요한데, 후킹이 담긴 숏폼도 만들어야 하니 인기를 끌기 위한 노력은 이만저만이 아니다. 그래도 인스타그램 계정을 키워본 경력이 있어 그럭저럭 잘 해내고 있다.

저 때의 그림을 그리는 일도 한낱 해프닝으로 끝날 줄 알았는데, 기어이 내 책에 일러스트를 직접 그리게 되었다. 보잘것없는 실력일지라도, 비전문가 중에서도 귀여운 수준일지라도 내 책에 내 그림이 실렸다는 거 자체만으로 기쁘다. 한 글자 한 글자 꾹꾹 눌러쓴 글씨만 정성이 담긴 게 아니라, 경험한 것을 담아내는 그림을 직접 그렸다는 게 얼마나 행복한 일인가. 그러니 못생긴 그림일지언정 예쁘게 봐주셨으면 좋겠다는 말을 보탠다.

"네가 쌓은 역량 어디 안 가. 버려지는 거 하나 없이 다 돌아올 거야."

엄마가 늘 하는 말이다. 일전에 자격증을 취득하기 위해 진득하게 의자에 앉아 있던 경험은 지금 책을 쓰기 위해 붙일 궁둥이에 힘을 실어 주었다. 아지 인스타그램 운영 경험은 서평 인스타그램을 재시도할 수 있도록 도왔다. 그리고 당근마켓에서 그림을 그렸던 경험은 내 책에 실릴 그림의 밑천이 되어줬다. 이 책도 세상에 나가면, 당장은 빛을 발하지 못하더라도 언젠가 멋진 선물이 되어 돌아오겠지? 이렇게 생각하니 그 어떤 것도 허투루 할 수가 없게 된다. 그래도 베스트셀러가 되었으면 좋겠다! 독자 여러분께서 소문 좀 내주세요!

<성공과 실패를 넘나드는 너에게>

'이거 해서 얻다 써.'라는 생각해 본 적 있나요? 그럼 이거랑 저거가 합쳐져 무언가 만들 수도 있지 않을까 하는 생각은요? 저는 언젠가 도움이 되겠지 하고 생각 없이 했어요. 그리고 후일에 활용할 때마다 놀랐죠. 이게 이렇게 쓰일 수도 있구나! 언제 어디서 쓰일지 모르니 열심히 경험 쌓자고요!

## 얻는 게 있으면
## 잃는 것도 있음을 알기

얘는 도대체 언제 놀아? 지금까지 내 이십 대 이야기를 쭉— 읽어 왔다면 이런 생각이 들었을지도 모르겠다. 이 타이밍에 그만하고 이제 좀 놀라며 누가 머리를 망치로 한 대 때린 듯했다. 살아온 세월이 담긴 비디오테이프를 거꾸로 되감자, 성인이 되고 제대로 놀아본 적이 있던가? 하는 물음표가 떠올랐기 때문이었다. 처음 휴직이 결정되었을 때도 어떻게 놀까가 아닌, 무엇을 할지부터 고민했던 나였다. 아무리 좋은 차도 기름이 떨어지면 가동되지 않는 법. 아무리 성장 욕구가 강한 나였더라도, 코로나로 휴직 기간이 길어지니 쉬고 싶었다. 친구랑 놀고 싶었는데 전부 출근한 뒤였고, 코로나로 모임을 여는 것 자체가 쉽지 않았다. 혼자 놀아볼까 했지만, 우습게도 놀아본 적이 없으니 어떻게 놀아야 할지 몰랐다. 그런데 언니의 권유로 보드게임을 하게 됐다. 평소 보드게임을 좋아했기에 물 만난 물고기처럼 종일 게임을 했다. 핸드폰이나 오락실, 컴퓨터 게임은 쉽게 질려하는데 보드게임은 왜 이리 중독성이 강한 것일까? 밥도 굶어가며 일주일에 하루? 아니 일주일 내내 보드게임을 하러 갈 정도였으니, 제대로 탐닉 중이었다. 휴직 때마다 무언가 해보겠다며 좀처럼 놀지 않는 나였는데 말이다. 처음에는 부모님도 어디 한번 놀아보라며 판을 깔아줬다. 그런데 하루, 이틀로 끝날 줄 알았던 방랑은 끝을 모르고 쏘다니니 쓴소리가 들려오기도 했다.

"내가 언제 이렇게 놀아본 적 있어?!"

이 말만 하면 쏙– 들어가는 가벼운 잔소리였다. 이런 말은 대입에 성공하고 스무 살 때 해야 했는데, 스물일곱에 하다니 늦었다 싶기도 했다. 이십 대 때만 할 수 있는 연애가 있다고 했던가. 대학생 때 해야 했을 놀이를 뒤늦게 하나씩 하는데 도통 즐겁지 않았다. 애초에 음주를 좋아하지도 않아서 술도 도파민을 자극하지 못했다. 보드게임도 질리고 노는 것도 점점 흥미가 퇴색되었다. 어른의 노는 방법은 따로 있는 건지 아니면 종일 놀 시간이 주어지니 할 게 없는 건지. 왜 사람들이 달고나 커피를 만들겠다며 400번이나 숟가락을 휘젓는지 알 것 같았다. 왜 정년퇴직한 사람들이 공허함이 찾아오고, 왜 코로나 블루가 생기는지도.

'돈도 못 버는데 무슨 여행이냐.'

'여행 가면 괜히 코로나만 걸리지 않을까?'

'지금 여행 가면 제대로 놀지도 못 할 텐데….'

여행을 가고 싶어도 온갖 염려들이 발걸음을 막았다. 그렇게 돌고 돌아 또 공부했다. 이번에는 한 번도 제대로 공부해 보지 않은 일본어를 선택했다. 일본 여행을 자주 갔었는데 그때마다 의사소통이 잘되지 않아 답답했던 게 떠올라 선택한 언어였다. 중국어는 공부 초기에 어렵고, 일본어는 쉽다던데 나는 정확히 그 반대였다. 머리가 그새 굳었는지 단어가 좀처럼 외워지지 않았다. 뒤돌아서면 까먹어서 외우는 게 무슨 의미가 있나 싶어질 정도였다. 지금 당장 일본에 간다면 바로 사용할 수 있을 거 같다 싶은 것도 잊혔으니, 실소가 터지기도 했다. 이전처럼 더 열심히 해야겠다고 고집을 부리던 모습도 한풀 꺾이며 책은 책장에 꽂혀 더는 볼 수 없었다. 다 떨어진 기름은 놀면서 채웠던 거 같은데, 중간에 비행하면서 기름이 흘렀나? 공부도 잘돼야 부단히 하고 싶은 건데 이래서 무슨 공부를 하나! 이왕 이렇게 된 거 아르바이트라도 해볼까? 하는 심정으로 점차 바뀌고 있었다.

〈성공과 실패를 넘나드는 너에게〉

어떤 일이든 적기가 있어요. 그래서 우리는 보편적인 시기에 맞춰 살려고 하는지도 모르겠어요. 놀 수 있을 때 놀고, 일할 수 있을 때 일하고. 빨리 가면 좋겠지만, 그만큼 대가도 따르는 법이죠. 제가 빨리 취업하고 노는 법을 알지 못하는 것처럼. 당신의 선택으로 잃고 얻은 것은 무엇인가요?

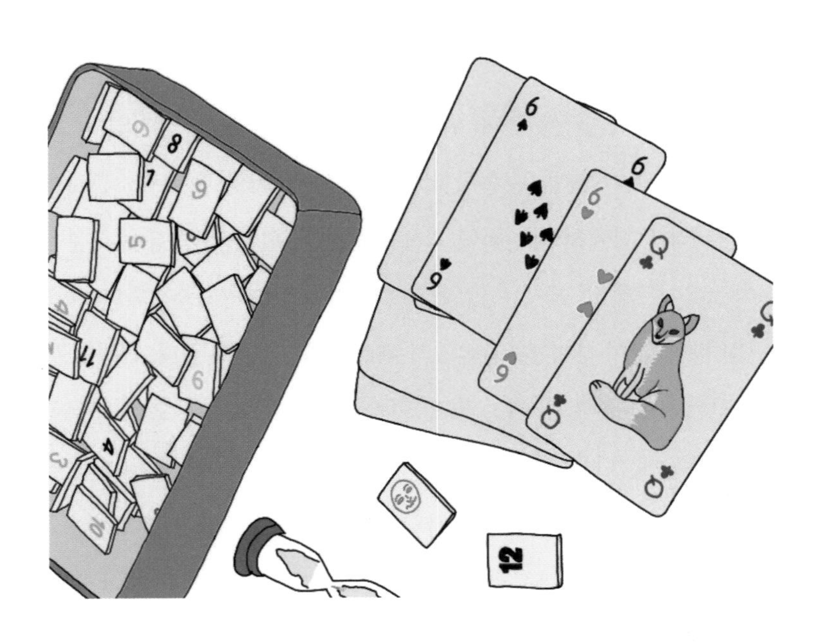

## 언제든
## 누울 자리 찾기

대한민국 승무원이 10만 명이 넘어가는데 코로나로 인해 금전적 어려움을 겪자, 고용부에서는 직원들이 법적으로 겸업할 수 있도록 허용했다. 코로나 초반에는 모아놓은 돈을 사용했지만, 마이너스 통장까지 만들며 전전긍긍했던 승무원들을 향한 회심에 한 방이었다. 고용부의 허가로, 직원들은 휴직할 때마다 일일 아르바이트를 간간이 했다. 나 역시 집에서 가만히 있기에는 좀이 쑤셨지만, 직장인 신분으로 아르바이트하고 싶지는 않았다. 어차피 코로나가 종결되면 계속 출근할 텐데 굳이 해야 하나 싶었기 때문이었다. 하고 싶다고 해도 조건이 맞는 곳을 찾기가 어려웠다. 일반적으로 업주들은 오래 근무할 사람을 뽑는데, 나는 회사가 부르면 언제든지 돌아가야 하는 처지였으니 그걸 이해해 줄 수 있는 사장님이 있을 리가 없었다. 복직한다고 해도 한 달 근무하면 다시 휴직했는데, 그때마다 일자리를 찾아 나서는 게 번거롭기도 했다.

그러던 어느 날 동기가 아르바이트 채용 소식을 가져오며 어둠 속 한 줄기의 빛이 되어 나타났다. 손님을 맞이하고 간단한 청소만 하면 되는 단순 업무였다. 매장 크기는 작았고 코로나 때문에 손님의 발길이 끊겨 있는 상태라 혼자 일해도 됐다. 근무 일수도 일주일에 하루, 이틀뿐이라 용돈벌이로 딱 맞았다. 남은 건 단기간만 일할 수 있다는 조건만 충족되면 됐는데, 동기들끼리 합의 하에 일자리가 비지 않도록 채워주면 된다고 해서 더는 고민할 것도 없었다. 집에서 거리가 있었지만, 지하철 타고 한 번에 갈 수 있고 근무 조건도 저만한 곳은 없다는 생각에 덥석 미끼를 물었다.

저만큼 좋은 곳도 없었지만, 더 나은 조건의 일자리가 들어와서 동기에게 양해를 구하고 근무지를 옮겼다. 이 회사는 전공했던 학과와 관련 없는 곳인데다가, 서비스직이 아닌 경리라는 직분으로 일할 수 있어 큰 메리트를 느꼈다. 새롭게 배울 것도 있을 테고, 나인투식스의 근무를 해본 적이 없었는데 이번 기회에 경험해 볼 수 있다는 것도 이점으로 다가왔다. 하는 일이 거의 없으니 시간이 나면 공부해도 된다는 말을 덜컥 믿고 간 곳이었지만, 사사로운 데 쓸 수 있는 시간은 전혀 주어지지 않았다. 대신 지금껏 해보지 않은 업무를 배우는 재미를 쓸쓸히 느낀 곳이었다. 업무가 맞지 않은 건 아니었으나, 나인투식스는 내게 고역이라는 것도 알게 되었다. 만차라는 표현으로도 부족해, '지옥철'이라는 명칭을 달고 있는 출퇴근길은 혼을 완전히 빼앗았고 퇴근 후 집에 돌아오면 시체처럼 침대 위에 쓰러지는 나를 발견했다.

이곳 역시 본래 직장에서 부르면 가기로 합의가 되어 있었으나, 회사의 부름은 예상보다 빨랐다. 어차피 한두 달 근무하면 다시 쉬게 될 게 뻔하고, 이곳을 더 경험해 보고 싶어 기존 계획과는 달리 휴직계를 제출했다. 그리고 경리 업무에 더해 메타버스 관련 애플리케이션을 제작하는 일에 전적으로 동참했다. 개발자들이 애플리케이션을 코딩하면, 직접 사용해 보며 피드백을 제공했다. 애플리케이션 내에 들어가는 자료도 내가 수집해서 잘 됐으면 하는 애정이 듬뿍 묻은 사업이었다. 투자금이 상당수 모이지 않아 부득이하게 다른 회사로 넘겨야 해서 비통했지만, 이런 경험을 할 수 있었다는 것에 의의를 두고 승화할 수 있었다.

코로나가 만연한 탓에 휴직을 밥 먹듯이 하면서 명절 선물을 기대하기란 욕심이었다. 떡값도 못 바라는 상황이라니 처참했다. 하지만 휴직계를 내고 다니는 회사에서 명절 선물을 바리바리 챙겨주어 감사했다. 따로 보너스도 쥐여 주며 즐거운 명절 보내라는 회사에 하마터면 이직할 뻔했지만, 경험은 경험일 뿐 마음은 여전히 승무직에 있었다.

'회사가 굳건하게 자립해야 할 텐데…. 망하지만 않으면 돼….'

홀로 중얼거리곤 다시 돌아갈 그날을 기다리며 하늘을 바라보았다. 이번에 돌아가면 호텔에만 처박혀 있지 않고 밖에 질릴 때까지 돌아다닐 테야. 그동안 돈 아낀다고 안 먹은 맛있는 음식도 먹을 거고, 네일도 받고 마사지도 하러 갈 거야. 안 가본 장소도 가봐야겠어! 등 행복한 상상을 하며.

〈성공과 실패를 넘나드는 너에게〉

저는 승무원 아니면 이제 어디서도 일을 할 수 없을 줄 알았어요. 그런데 어딘가에 제 몸 하나 누울 자리는 있더라고요. 만약 이런 경험을 안 해봤다면, 저는 퇴사할 수 없었을지도 몰라요. 그러니 당신도 다른 곳에 누울 자리가 있는지 찾아봐요. 퇴사할 이유가 생기면 미련 없이 떠날 수 있도록!

# 멘탈이 흔들릴 땐
# 흔들리기

코로나 사태가 발생하기 전에는 사내 홈페이지에 운항 일정이 정기적으로 업로드되었다. 하지만 코로나 이후 국가 간 왕래가 단절되자, 영업 일정은 수시로 취소 소식을 알렸다. 평소엔 관심도 없었지만, 혹시라도 하늘길이 열리지 않을까 하는 바람으로 걸핏하면 홈페이지에 들어갔다. 올라왔다 하면 줄줄이 결항이라는 비보뿐이었으니, 한숨도 연이어 내쉴 수밖에 없었지만 말이다. 우리의 편안한 숨통과 하늘길을 막았던 코로나였지만, 사람들의 여행 욕구는 막을 수 없던 것일까. 국토교통부에서는 '무착륙비행[12]'이라는 비장의 무기를 꺼냈다. 자사의 무착륙비행 운항 일정은 몇 번 되지 않아 내가 갈 일은 없겠다고 생각한 찰나, 운 좋게 당첨되었다. 몹시 오랜만에 인천공항에 갈 생각에

12) 무착륙비행(nonstop flight): 비행하다가 중간에 공항에 착륙하여 연료를 보급받지 않고 도착 지점까지 쉬지 않고 비행하는 일

심장이 쿵쿵거리며 들뜨기까지 했다. 코로나가 종결되면 이런 이벤트 성 상품은 금세 사라질 것 같았고, 특별한 경험을 하게 되었으니 신나는 일임은 명백했다.

운영이 힘들었던 면세점들은 대거 할인했고, 친구들에게 연락해 필요한 게 있으면 말하라고 했다. 공항에 도착하자 예상과는 달리 여행객의 발길이 끊겨 썰렁한 복도와 폐업한 매장을 마주했다. 사람도 없는데 비싼 자릿세를 내어가며 버틸 이유가 없었으니까. 어서 오라며 언제든 환한 불빛을 내어주던 카페와 음식점도 어둑하게 변해 있었다. 면세점에서 늘 나를 반겨주던 친구도 어느새 먼지처럼 사라져 새로운 일자리를 구한 상황이었다. 이전에는 텔레비전보다 10배쯤 큰 전광판에 빼곡히 채워져 있던 항공편이 이제는 하루에 6~7개뿐인 항공편만이 간신히 매달려 있었다. 기억과는 다른 공항의 모습, 허허벌판 위에 혼자 남은 것 같은 기분을 지울 수가 없었다. 애틋함과 아쉬움은 뒤로하고 집중해야 할 것은 일이었다. 이번 무착륙비행은 일본을 찍고 다시 돌아오는 일정이었다. 경험해 본 적이 없는 비행이니 경험자들의 후기를 듣고 왔는데, 착륙하지 않는다는 것 외에 특별한 점이 없어서 안심했다. 하지만 그들의 경험담과 달리, 슬라이드를 터트리고 탈출하고 싶었다.

“선배님, 제가 슬라이드 준비하겠습니다! 저랑 탈출하시겠습니까?”
“지현 씨, 할 수 있어요!”
“지현 씨, 아무래도 저는 못할 거 같아요. 같이 뛰어내릴래요?”
“선배님, 정신 차리셔야 합니다! 저희 해내야 합니다!”

상공에서 훨훨 날고 있는 비행기에서의 대화다. 누가 보면 비상 상황이 발생한 줄 알겠지만, 안전상 문제는 없었다. 판매상의 위급함만 있었을 뿐. 코로나 전파 방지를 이유로 좌석 간 거리를 두고 앉아야 해서 만석이 아니었음에도, 사전에 면세품을 주문한 양이 무려 A4 용지 5장이었다.(평소에는 A4 용지가 아닌, 1건 혹은 2건이 평균이다.)

비행기가 이륙하고 착륙할 때까지 주어진 시간은 약 2시간. 나와 선배님이 판매에 집중하고 있는 동안 남은 승무원들은 안전 업무를 도맡아 했고, 나는 손바닥만 한 포스기를 붙들고 갤리에서 밖을 나가보지도 못한 채 그대로 착륙했다. 더 놀라운 건 착륙해서도 판매가 끝나지 않아, 구매를 완료한 사람들만 하기를 할 수 있었다. 한편 우스꽝스러웠던 건 승객으로 탄 직원들이 있었는데, 정신없이 바쁜 우리를 목격하고 사복을 입은 채로 기어이 도운 것이다. 어떤 비행에서도 있을 수 없는 일이지만, 모두 처음 겪는 일이었기에 지켜보다 못해 발 벗고 나선 것이었다.

손님들이 무착륙비행을 이용하는 이유가 대충 이럴 거라 넘겨짚었다. 첫째, 인천에서 출발해서 인천에 도착하는 비행을 또 언제 경험할 수 있을지 몰라서. 둘째, 공항에 가는 것만으로도 여행 기분을 느낄 수 있어서. 셋째, 단순히 비행기를 타고 싶어서. 넷째, 면세품을 사고 싶어서. 이외에도 다양한 이유가 있겠지만, 아마 이번 비행에서는 면세품 구매가 급선무였던 것 같다. 회사에서 전무후무한 매출을 기록한 비행이었으니까. 이때의 자랑스러운 매출 영수증을 냉장고에 붙여놨었는데 어디 갔더라…?

집으로 돌아오는 길에 오늘 있었던 비행을 회상했다. 정신 줄을 못 잡고 비행한 게 부끄러웠다. '이렇게 했으면 어땠을까?', '꼭 다른 선배님들의 도움이 필요했던 걸까?' 하며 더 효율적이고 현명하게 일할 수 있었던 당시 상황을 반성했다. 손님의 컴플레인 없이 무탈하게 안전과 서비스 모두 지킨 비행이었다. 하지만 파워 J이자 완벽주의 성향이 있어서 더 잘하지 못한 것에 대한 질책을 했던 것이다. 그래서 다시 한번 겪고 싶었다. 어떻게 비행할지 그림을 그리면서 똑같이 겪는다면 실수와 멘탈의 흔들림 없이 만회할 수 있을 것이라는 자신이 생겼기 때문이었다. 두 번 다시 오지 않는 기회였지만, 또 이런 상황이 오면 그땐 침착할 수 있겠지!

<성공과 실패를 넘나드는 너에게>

지금 당장 이곳을 벗어나고 싶은 순간이 있나요? 인생에서 비상탈출 하고 싶을 때! 그럴 때는 마음껏 흔들리되, 상황이 종료되면 오답 노트처럼 상황에 직면하는 글을 쓰세요. 어떻게 대처했는지, 앞으로 어떻게 할지 돌아보는 시간을 보내면 다음에는 침착할 수 있을 거예요.

## 세상에서 제일 강한 엄마 지키기

승무원의 시작을 담은 이 책에 마지막도 담아야 하지 않을까? 마지막 출근, 그러니까 마지막 비행을 소개하려 한다. 마지막 비행의 목적지는 시드니였다. 일반적으로 승무원의 해외 체류 기간은 1박인데, 이번 체류 기간은 2박이었다. 그래서 부모님에게 나와 마지막 비행을 함께하자고 제안했고, 부모님은 나보다 일찍 시드니에 도착해 관광하다가 함께 시간을 보내기로 입을 맞췄다.

마지막인 만큼 부모님에게 좋은 추억을 선물하고 싶었다. 그래서 투어까지 예약하며 열정적으로 일정을 준비했다. 문제는 블루마운틴 관광을 다녀온 날이었다. 블루마운틴은 실제로 목숨을 잃은 사람이 있는 곳으로, 자칫하면 절벽 아래로 떨어져 숨을 거두기 쉬운 산이다. 엄마는 이곳에 올라온 것만으로도 무서웠는지 좀처럼 발을 옮기지 못하고 우두커니 한 가운데 서 있었다. 엄마가 겁이 대단히 많다는 사실은 익히 알고 있었다. 그리고 여기에 두 번 다시 올 일이 없다는 사실 또한 아주 잘 알고 있었다. 두 사실이 머릿속에서 충돌을 일으켰지만, 결국 엄마의 손을 잡고 절벽을 향해 끌어당겼다.

"엄마! 그냥 나 믿고 와!"
"야! 엄마 무서워! 안 갈래!"
"뭐가 무서워! 바닥 내려다보지 말고 나만 보면서 와!"

엄마는 정말 나만 바라보고 걷다가 울퉁불퉁한 바닥을 헛디뎌 발을 삐끗했다. 말 그대로 삐끗한 줄로만 알았던 발이 파랗게 물들었다. 흰색 도화지에 파란색을 묻힌 붓으로 그림을 그리듯 서서히 파래져 갔다. 투어 일정은 마쳐야 하고, 버스 안에 엄마를 가만히 둘 수도 없었던 부녀는 억지로 엄마를 끌고 요리조리 돌아다녔다. 의자만 보이면 앉히고, 휠체어를 빌려다가 끌고 다니며 어떻게든 함께 시간을 보내기 위해 노력했다. 아들이었다면 번쩍 둘러업고 돌아다녔을 텐데 이 순간만큼은 딸로 태어난 게 참 괴로웠다.

투어가 끝날 때쯤 엄마는 이제 걷지도 못하겠다고 했다. 아빠는 엄마가 없으면 의미가 없다며 방에 있겠다고 했다. 하지만 나는 마지막 시드니를 이렇게 보낼 수 없었고, 기어이 부모님을 방에 남겨둔 채 홀로 길거리를 누볐다. 돌아다니는 내내 부모님 생각에 발걸음이 천근만근 무거웠다. 아무리 아름답고 멋진 광경을 보아도 하나도 즐겁고 행복하지 않았다. 아름다운 광경 앞에 서서 전화를 걸고 마지막이니까 아파도 나오라며 부모님을 두고 나온 죄책감에서 벗어나려 안간힘을 썼다. 주위를 돌아보니 입이 둥그렇게 말려 내려간 나와는 달리, 다른 사람들은 하나같이 웃으며 말로 표현하기 어려운 장관을 지켜보고 있었다. 결국 감정을 이겨내지 못하고 호텔로 돌아와 프런트에 휠체어 대여를 부탁했다. 홀로 휠체어를 끌고 방문을 열자, 잠도 들지 못하고 움직이지도 못해 핸드폰만 보고 있는 두 사람과 마주했다.

"휠체어 가져왔어! 나가자!"

부모님의 등을 밀며 꾸역꾸역 밖으로 나왔다. 마지막 시드니 야경을 꼭 함께 보고 싶다고. 페리를 꼭 같이 타고 싶다고. 그런데 너무 늦게 온 탓이었을까? 밤새 불을 켜놓는 한국과는 다르게, 시드니 야경을 환하게 비추던 불빛은 어느새 꺼져가고 있었다.

"보려고 했던 건 이게 아니었는데…."

아쉬움에 이 말만 반복할 뿐이었다. 설상가상으로 늦은 시간이라 호텔로 돌아가는 페리가 끊겼고 결국 힘겹게 지하철을 타고 돌아가야 했다. 안 그래도 다쳐서 힘든데 부모님을 너무 고생시키는 게 아닌지 속상했지만, 그런 내 심정을 읽기라도 한 듯 엄마는 나를 향해 웃어 보였다. 불행 중 다행이었던 건 다음 날이 출국이었고, 공항에서도 휠체어 대여를 요청한 상태였다. 그런데 아파서 바깥 구경도 못 나간다던 엄마는 이제 다 나았다며 휠체어를 타지 않겠다고 고집을 부렸다. 공항에 도착할 때까지 취소하라고 억지를 부리는 바람에 결국 쓰지 않겠다고 회사에 일러두었지만, 비행기에서 엄마를 마주하기 전까지 애타는 마음은 멈추지 않았다.

동료들에게 엄마가 다리를 다친 상황을 말해두었는데, 비행기에 탑승하는 엄마는 내가 거짓말이라도 한 것처럼 멀쩡하게 걸어 들어왔다. 아무리 퇴사하는 딸이래도 딸의 직장에서 아픈 걸 보이기 싫었나 보다. 휠체어를 타고 들어오는 걸 보이기 싫었나 보다. 아파서 걷지도 못하겠다더니 멀쩡히 걸어오는 모습이 얼마나 딸의 마음을 아프게 했는지 엄마는 알았을까. 내가 일하는 공간은 후미여서 부모님 좌석도 34열쯤으로 예매했다. 그런데 지정 좌석에 도착할 때까지 아무렇지 않게 걸어오니까 다리가 다 나은 건가 착각이 들 정도였다. 눈물이 핑– 돌아 떨어질 거 같은 순간에 목을 가다듬고 괜히 부모님이 보이지 않는 다른 자리로 몸을 옮겼다.

엄마는 한국으로 돌아오자마자 병원을 방문했고, 의사 선생님은 단순히 삐끗한 게 아니라 뼈가 부러졌음을 통보했다. 그토록 고통을 호소하던 엄마가 멀쩡히 비행기를 탈 때의 마음은 무엇이었을까. 부러진 뼈가 기적처럼 붙어 멀쩡히 걷게 된 이유를 감히 묻지도 못하겠다. 예측했던 그 감정이 들어맞으면 지금 당장이라도 눈물을 쏟아낼 거 같아서.

〈성공과 실패를 넘나드는 너에게〉

"엄마는 강하다!" 다들 그렇게 말하기에 진짜 우리 엄마가 세상에서 제일 강한 줄 알았어요. 나이가 차츰 들어가면서 세상에서 제일 약한 존재였고, 지켜줘야 하는 사람이라는 걸 깨달았지만요. 우리는 어떻게 엄마를 지킬 수 있을까요? 자식을 위해서 고집 하나 꺾을 줄 모르는 사람, 엄마를 말이에요.

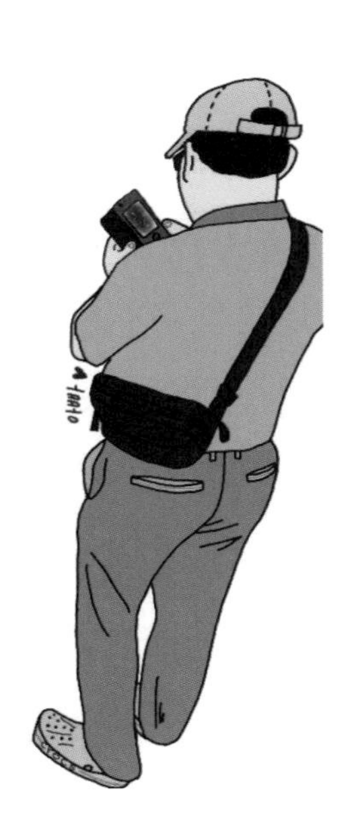

## 변함없이 지지해 주는
## 친구 만나기

친구들이 한창 취업 스트레스를 받고 있을 때였다. 그래서 직장이 힘들어도 허심탄회하게 고민을 토로할 수 없었다. 취업한 사람의 회포가 친구들에게는 왠지 배부른 소리처럼 들릴 것 같았기 때문이다. 심지어 그 자리에 나와 같은 회사를 지원한 친구도 있었는데, 그 친구는 불합격한 터라 더욱 입을 열기가 어려웠다. 그맘때쯤 친구들은 각자 전공별로 삼삼오오 모여 어떻게 취업할지, 지금까지 어떤 스펙을 준비해 왔는지 이야기하곤 했다. 그곳에서 낄 틈이 없던 내게 회사는 어떠냐는 질문이 들어왔고, 취업하느라 힘들 친구들과 합격하지 못한 친구를 생각해 부정적인 대답을 내놓았다. 앞선 에피소드를 읽으며 느꼈겠지만, 그리 편안한 직장 생활을 했던 것도 아니었기에 더 부정적이었는지도 모르겠다.

"회사 가기 진짜 너무 싫어. 회사 불 질러버리고 싶어!"

"지현아, 왜 그래."

"야, 너 왜 그런 식으로 말해."

친구들의 대답에 순간 너무 당황스러웠다.

'그냥 다니는 거라고 해야 했던 걸까?'

'즐겁게 다니고 있다고 말해야 했던 것이었을까?'

'빨리 취업한 게 너무 감사하고 너희들도 어서 잘되었으면 좋겠다고 할 걸 그랬나?'

그저 힘들다고 말함으로써 친구들의 힘듦에 공감할 수 있길 바랐다. 친구가 힘들 때, 즐거워하지 않는 것. 그게 그 당시 친구를 생각하는 눈치이자 예의였다. 하지만 생각해 보면 친구들은 그날 내게서 희망스러운 이야기를 듣고 싶었는지도 모르겠다.

'네가 신나게 회사 다니는 걸 보니, 나도 빨리 취업해서 자유를 즐기고 싶다.'

이와 같은 말을 내뱉고 싶어서 말이다.

'너희 지금 힘들지? 취업해도 힘들어~.'

나는 어쩌면 이렇게 대답한 셈이 아니었을까.

회사에 함께 지원했지만 불합격한 친구 시연이는 나보다 일찍 승무원의 꿈을 꿨다. 나는 수능에서 미끄러지며 승무원을 생각했지만, 시연이는 고등학생 때부터 승무원이 되고 싶어 했으니까. 대입 면접을 보러 갈 때도, 시연이의 치마를 빌려 합격증을 받아냈다. 시연이는 나만큼 승무원을 향한 열정이 대단했다. 어쩌면 나보다 더 뜨거웠는지도 모르겠다. 그래서 조금 늦어지더라도 꼭 승무원이 되었으면 좋겠다며 묵묵히 응원했다. 오랫동안 소식이 없자 안 하려나 보다 생각하던 찰나였다. 우연히 시연이의 핸드폰 배경 화면을 봤는데, 여전히 비행기와 승무원이 그려진 사진이었다. 시연이는 이토록 간절하면서도 합격을 진심으로 축하해주고 늘 나를 응원했다.

'만약 내가 떨어지고 네가 합격했더라면 과연 나는 너처럼 할 수 있었을까?'

이런 생각에 늘 시연이의 넓은 그릇이 존경스러웠다. 그래서 여긴 내가 있을 자리가 아니라는 생각에 자존감이 떨어질 때마다 시연이가 떠올랐다.

'네가 이 자리에 있었다면 나 같은 일 없이 잘 해냈을 텐데.'

그래서 시연이의 자리를 뺏은 것 같은 죄책감에 빠져 힘들 때마다 더 필사적으로 버텼다. 퇴사를 결정하면서 마음에 걸리는 게 많았는데 그중 시연이도 한몫을 차지했다.

"지현♥ 너는 뭘 하든 잘할 거야!"

시연이가 결혼한다며 청첩장을 내밀던 그날, 이름만 적어 건네던 청첩장과 달리 시연이는 응원의 메시지를 남겼다. 짧은 멘트였지만, 내게는 끝까지 견디지 못한 부끄러움과 미안함 그리고 고마움이 아직도 마음의 빚으로 남아 있다. 시연이의 결혼식을 보며 흐르던 내 눈물은 오만 가지 감정이 섞여 있었던 것 같다.

저 무리에 있던 또 다른 친구 현주는 함께 취업 준비에 매진했던 시절이 있었다. 풀리지 않는 문제에 괜찮다며 서로를 토닥이며 응원의 말을 아끼지 않았다. 그러다 내가 먼저 취업하게 됐는데, 면접을 볼 때마다 잘 봤냐고 전화하던 현주의 목소리를 잊을 수 없다. 최종 합격 발표가 나오던 날, 현주에게 발표일을 알리지 않았음에도 직접 찾아보았는지 연락이 왔다. 붙었다는 말에 자기 일처럼 소리 지르고 기뻐하는 게 환영처럼 눈앞에 또렷이 보였다.

합격 후 눈코 뜰 새 없이 바쁜 나날들을 보내던 나와, 여전히 취업 준비에 바지런하던 현주와의 상황은 180도 달랐다. 연락은 서서히 줄어들었고 현주가 시험 접수했는지, 면접은 잘 봤는지 묻지 않았다. 혹여 연락하면 현주가 부담을 느낄까 봐서이기도 했지만, 핑계에 가까웠다. 어느 날 현주가 최종 합격 소식을 알렸을 때 미안했다. 축하하는 마음이야 당연히 뜨거웠지만, 과연 너처럼 표현했는가? 먼저 인터넷을 뒤져보며 소식을 궁금해했는가? 묻는다면 그렇다고 대답할 수 없었다. 왠지 축하한다는 말 외에 미안하다는 말도 해야 할 것 같았던 그날, 마음의 빚이 생겼다.

퇴사를 앞두고 친구들과 일본 여행을 가려 했다. 스케줄이 맞지 않아 갈 수 없는 나를 두고 친구들은 여행을 갔는데, 현주가 일본으로 가는 내 비행기에 오르게 됐다. 내 모든 행동을 주목하고, 사진을 찍으며 호기심 가득한 눈빛으로 쳐다보는 현주를 보니 얼마나 민망하던지. 그런 나를 보고 멋있다고 엄지를 들어 올리며 표현하는 현주가 몇 배는 더 멋있었다.

퇴사하고 이것저것 도전을 펼치면서도, 친구들에게 구구절절 내가 하는 것들에 관해 이야기하지 않았다. 현주 역시 들은 바는 없었고 궁금할 법도 한데 연락하면 괜히 부담될 거로 생각했는지 말 한마디 없었다. 그러다 책을 쓸 거라는 블로그 글을 보고 단숨에 달려와서는 또다시 엄지를 내밀었다. 마음의 빚이 자꾸 무거워지는데, 그래도 좋으니 이런 친구가 있음에 큰 행복을 느낀다.

"네 글 종종 보는데 너무 멋있다!"

취업에 성공했을 때도, 퇴사할 때도 늘 묵묵히 응원해 준 두 친구에게 내 저서의 한 부분을 내어줄 수 있어 영광이다. 고마워. 평생 잊지 않을게.

〈성공과 실패를 넘나드는 너에게〉

진정한 친구 한 명만 있어도 성공한 인생이라는 말이 있어요.

제게는 최소 2명 이상 있네요. 그런데 친구들도 저를 그렇게 생각할까요?

저는 자신 있는 대답을 내놓지는 못할 것 같아요. 당신은 어때요?

당신은 그런 사람인가요? 그리고 당신에게도 이런 친구가 있나요?

## 회사에
## 뼈 묻지 않기

"자리가 사람을 만든다."

이 말의 의미를 일찍이 경험했던 스물셋, 입사에 성공했다. 남들보다 빨리 시작했으니 성공이라는 목적지로 향하는 고속도로를 탄 것이나 다름없다며 자신만만해했던 나. 신은 공평하다고 했던가. 행운의 열쇠는 코로나를 겪으며 빼앗겼다. 또래와 비교하면 2년이나 앞서가고 있었는데, 팬데믹이 닥친 후로 내 시간은 멈추고 친구들이 내 코앞까지 쫓아왔다. 승무원은 세상을 살아오면서 가장 큰 간절함으로 이룬 직업이었다. 뼈를 묻겠다고 맹세하며 애정을 잔뜩 품고 다닌 회사였다. 30년 연속 근무 중인 아빠보다 일찍 취업했으니 정년이 되면 아빠보다 더 장기 근속자가 되지 않겠냐며 떵떵거리기까지 했다.

이런 내게 퇴사를 향한 마음이 일었다. 처음에는 바람이 스치면 어쩔 수 없이 흔들리는 꽃잎처럼 내 마음도 그쯤이라 대수롭지 않게 여겼다. 그저 스치는 정도가 아니었던 바람은 꽃잎을 흩날리게 했고 얇은 줄기마저 꺾고 말았다. 바람을 거친 기간은 코로나 사태와 그 후 1년이었으니 어림잡아 3년 가까이 퇴사 여부를 고민한 셈이었다. 훈련생과 인턴 때 잘 적응하지 못해서 퇴사를 고민했던 시간까지 합하면 3년이 족히 넘겠지만. 끝내 퇴사하게 된 것은 단순히 하나의 이유 때문만은 아니었다. 오랜 시간 고민한 만큼 이유가 켜켜이 쌓여, 승무원을 내팽개치게 되었다.

무속에서는 아홉수를 앞자리가 바뀌기 직전의 수로, 더 이상 갈 수 없는 수를 의미한다고 한다. 아홉수는 사소한 것도 조심하며 변화를 자중해야 한다는데, 내가 퇴사를 결정한 건 스물아홉 살이었다. 미신이라지만 아홉수여서인지 온 세상이 나를 억까[13]하는 것 같았다. 좋을 때가 있으면 나쁜 때도 있지 않겠나. 그렇게 코로나 기간 내내 마음이 바깥으로 기울면서도 회사가 망하지만 않으면 된다는 생각으로 버텼다. 그런데 누군가 회사를 나가라고 사주라도 하는 듯 점점 단점만 눈에 들어왔다. 퇴사 욕구가 고개를 들어 사직서가 눈앞을 오가는 순간

---

13) 억까: 신조어로, '억지로 까다.', '억울하게 까이다.'라는 말을 줄인 것. 상황에 맞지 않게, 이유 없이 당하는 것을 의미

들이 많았다. 그러다 마음을 굳힌 결정타는 밤을 새우는 비행기 안이었다. 눈앞에 수백 명의 사람이 잠에 빠져 영혼이 빠져나간 것을 보았을 때. 그런 그들을 아무 생각 없이 멀뚱멀뚱 쳐다보고 있을 때. 바보가 된 것 같았다.

'이게 지금 뭐 하고 있는 거지?'

『트렌드 코리아 2024』에서 분초 사회에 관한 이야기가 나온다. 요즘 사람들은 시간의 가성비를 따지며 1분 1초도 헛되이 보내려고 하지 않는다고. 딱 나를 지칭하는 내용이었다. 효율성을 중시하다 못해, 조금만 비효율이 보이면 짜증이 올라오는 성향이니까. 이런 성향이 단점이라고 생각하고 고치려고 해본 적도 있었다. 하지만 순간적으로 감정 컨트롤이 되지 않는다는 것 외에 단점은 없었다. '어떻게 하면 효율적으로 할 수 있을까?'라는 생각을 머릿속에 탑재하고 산다는 것은 상당히 피곤한 일이기도 하지만, 발전을 도모하는 일이기도 하니까.

점프싯[14]에 앉아, 아무것도 하지 않고 자는 사람들을 보니 이보다 비효율적일 수는 없겠다고 생각했다. 뜬눈으로 시간을 흘러버린 채, 집에 가서 또 잠을 잘 테니 이중으로 시간을 날리는 셈이었다. 누군가는

---

14) 점프싯(jumpseat): 접이식으로 되어 있는 승무원 좌석

아무것도 안 하고 돈을 벌 수 있다니! 라는 긍정적인 생각을 할 수 있겠지만, 나는 달랐다. 이런 비효율적인 시간에 무언가 할 일을 찾아야 했는데, 할 수 있는 것은 쏟아지는 잠을 이겨내며 눈을 부릅뜨고 있는 것뿐이었다. 그 순간, 끓었다 식기를 반복했던 퇴사 열망이 끓다 못해 넘쳐흐르기까지 했다.

〈성공과 실패를 넘나드는 너에게〉

연애 초에는 콩깍지가 씌어 애인의 단점이라곤 안 보이죠.

시간이 흘러, 보고 또 보다 보면 차츰 마음에 안 드는 게 나타나요.

그리고 수용할 수 있는 부분인지 아닌지 결정하게 되죠.

회사도 똑같아요. 그러니 회사에 몸 바쳐 헌신하기보다,

관망할 줄 아는 자세가 필요하지 않을까요?

## '나'는 '나'로서 증명하기

"어느 대학 다녀?"

대학생 때 새로운 사람을 만나면 이름 다음으로 묻는 말이었다. 대학 생활 내내 대학 이름이 꼬리표가 되어 평가 잣대가 되는 것이 참 아니꼬웠다. 부자로 태어나면 없는 이들의 마음을 알지 못하듯, 상위권 대학에 다니는 친구들은 저보다 아래에 있는 사람들의 마음을 알지 못했을 테다. 당연하게 따라오는 대우와 차별. 나는 이 서러운 판도를 뒤집기 위해 노력했다.

"어느 대학 다녀요?"
"저 조기 취업했어요."
"무슨 일하세요?"

취업한 후로는 대학을 묻는 말에 대학 대신 회사명을 자랑스레 말했다. 졸업 후, 취업이 당연해졌을 시점에는 직장명을 이름 다음으로 물었다. 대학 다닐 때는 그렇게 대학교가 어딘지 묻더니, 이제는 직장 이름을 시도 때도 없이 묻는 거다. 여기서 조금 더 나이를 먹으면 결혼은 했냐, 결혼했다고 하면 아이는 있냐. 그렇게 짜인 질문과 대답을 나눠야 하는 거겠지. 아직 결혼과 아이는 모르겠고, 나는 다시 스물셋 취준생 시점으로 돌아왔다.

사실 회사에서는 퇴사와 관련해서 이러쿵저러쿵 떠들고 싶지 않아서, 이후에 무얼 할지 밝히지 않았다. 퇴사한다는 사실만으로도 장안의 화제처럼 말들이 오갔으니, 말을 건넬수록 긁어 부스럼 만드는 격이었다. 그래서 A에게는 당분간 쉴 거라 이야기하고, B에게는 아프다고 하고, C에게는 다른 회사에 취업했다고 말하며 모두에게 혼란을 주었다. 솔직하게 말하고 싶은 사람이 있더라도, 그들이 그 말을 타인에게 전달할 게 뻔해 말을 아꼈다. 갖가지 내용으로 떠드니 거짓 소문이 전파되기도 했지만, 내가 떠벌리지도 않은 이야기에 굳이 사실을 바로 잡으려 하지도 않았다.

맞다. 추측했겠지만 어느 것도 정해진 게 없었음에도 퇴사를 결정했다. 대부분 퇴사 전 이직할 회사를 준비하거나 할 일을 마련하는데,

나는 아니었다. 앞서 퇴사하고 싶었던 이유를 낱낱이 밝히지는 않았는데, 회사와 상관없는 개인적인 이유도 있었다. 나는 남들보다 일찍 취업했던 만큼 나에 대해 사색하는 시간을 갖지 못했다. 타인에게 좋아 보이는 직업, 멋져 보이는 모습 말고 내가 좋아하는 게 무엇인지 생각해 본 적이 없었다. 내 나이 스물아홉, 여기서 한 발짝만 더 늦으면 이곳을 벗어날 자신이 없어질 거 같았다. 코로나로 인해 안 좋아진 실정은 회복기를 거쳐 언제든 좋아질 수 있다. 그런데 그때가 되면 현실과 타협하며 나를 직면할 타이밍을 계속 뒤로 미룰 것 같았다.

90% 이상의 사람들이 안정적인 월급쟁이 생활을 한다. 불과 코로나 전까지만 해도 나 또한 평생직장에 다닌다고 생각했지만, 코로나가 시발점이 되어 '안정적'의 의미를 반추하게 됐다. 이전에는 정년까지 회사에 다니고 여유롭게 세상을 떠날 수 있었지만, 이제는 100세 시대를 살고 있다. 현재 한국의 정년퇴직 나이는 60세로, 퇴직 후에도 40년을 더 살아야 하니 또 다른 돈벌이 수단이 필요하다. 물론 이 조건에 60세가 될 때까지 회사가 존속해야 한다는 조항도 붙는다. 이러한 까닭에 회사에 애사심을 갖고 충성하는 직원이 줄었다. '조용한 퇴사'를 외치며 회사를 벗어나도 돈 벌 수단을 만들고 있는 게 현시대니까.

나 또한 충성심을 버리고 미래를 위해 조용히 투자하려고 했으나 현실은 고달팠다. 피로가 채 풀리기도 전에 또다시 피로가 쌓여가는 상황 속에서 자기 계발이나 N잡을 준비하는 건 욕심이었다. 한 달 동안 무탈하게 근무하는 것만으로도 감사했다고 할 만큼 말이다. 시간의 틈이 조금이라도 벌어지면 무언가라도 해보려 손을 뻗어도 제자리걸음을 하듯 혼자만의 고군분투일 뿐이었다. '내게 시간만 주어진다면 지금 하는 거보다 훨씬 빠르게 성장할 수 있을 텐데.'라는 생각이 덮쳤고 일전에 언급한 밤샘 비행에서 절정으로 치닫게 된 것이다.

비범한 사람으로 보이던 N 잡러가 당연시된 지금, 반드시 회사에 속하지 않더라도 생존 방식은 다양해졌다. 혹여 다양한 도전과 시도를 했는데 결과물이 없다고 한들 다시 취업하면 된다는 생각도 있었다. 불경기와 취업난으로 재취업하는 게 낙타가 바늘구멍 통과하는 것만큼이나 힘든데 무슨 자신감으로 과감한 결정을 내렸는지 의아해할 수 있다. 하지만 코로나 때 타 회사에 다닌 경험도 있는데 어디든 못 가랴! 이직을 밥 먹듯이 하는 요즘 직장인들과 달리, 오래 직장 생활을 했다는 근성 또한 인정받을 거라 판단했다. 대기업처럼 남들이 우러러보는 회사가 아니라, 눈을 낮춰 회사를 찾는다면 취업이 어렵지 않을 거란 생각도 있었다. 결과적으로 퇴사해야 하는 이유와 회사에 남아 있어야 하는 이유를 줄에 쫙– 매달고 줄다리기했을 때, 승자는 퇴사였다. 그러니 미래에 있을 어떤 두려움과 위협도 내겐 와닿지 않는 미래의 일일 뿐이었다.

〈PART 1. 합격률 100:1, 도전하겠습니다!〉를 보면, 취업하기 위해 엄청난 노력을 한 양 적었다. 지금 시점에서 첨언하자면, 저런 생각을 했다는 것 자체가 부끄러움으로 남아 있다. 스물셋의 나이에 경험과 이력이 다소 화려해 보였던 것도 맞고, 내 노력을 폄하하고 싶은 생각은 추호도 없다. 하지만 주변에서 취업하기 위해 노력하는 과정을 보면 감히 왈가왈부할 수 없는 수준이었단 것쯤은 알고 있다. 주변뿐만 아니라, 회사에 입사하는 사람들만 봐도 알 수 있었다. 심화하는 취업난과 승무원이라는 직업의 인기는 천정부지로 치솟으면서 입사하는 후배들의 스펙은 넘을 수 없는 벽처럼 높았으니까. 그래서인지 퇴사할 때, 취업을 향한 스물셋의 패기 넘치던 모습은 묘연했다. 대신에 하고 싶은 일을 향한 서른의 열정은 따끈따끈하게 보온되고 있었다. 너무 뜨겁지도, 식지도 않은 적절한 따뜻함으로 나만의 일을 구축하길 갈망하고 있었다.

〈성공과 실패를 넘나드는 너에게〉

당신은 회사 혹은 학교를 제외하고 본인을 설명할 수 있나요?

당신은 어떤 사람인가요? 당신의 마음에 쏙 드나요?

마음에 쏙 드는 단어들로 당신을 소개할 말을 만들어 보세요!

생각만 해도 행복하지 않나요?

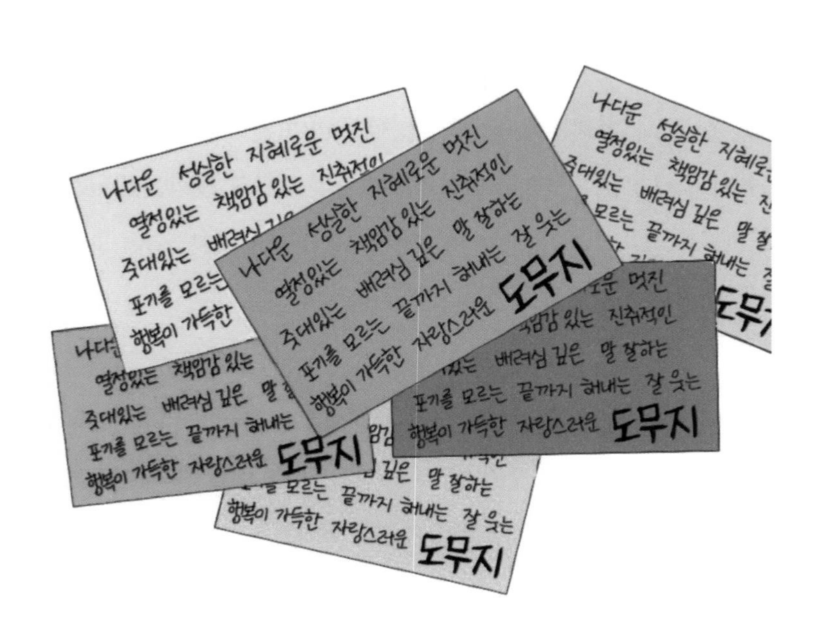

## 도전은 무조건
## 지금 하기

'이 직업이 나와 맞나?'

남 일인 양 모른 척 버텨보려 했을 뿐, 승무원이 나와 맞지 않는다는 것은 진작 알고 있었다. 마치 산소호흡기를 끼고 간신히 숨을 이어가는 사람처럼, 삐거덕거리면서도 멀쩡한 척하며 기나긴 혼자만의 싸움을 했다는 걸. 아무 생각 없이 출퇴근하는 것 같아도 끊임없이 생각했다. 질문의 끝은 헛된 망상일 뿐이라며 도리도리했지만, 운이 좋았던 걸까? 코로나로 회사 사정이 안 좋아지면서 결정을 내릴 수 있었다.

퇴사 후 선택한 것은 '도무지'라는 닉네임으로 사는 것이었다. '도무지'는 '도전은 무조건 지금'의 약자다. 내 이름 석 자를 대신하여 살아가다 보면, 닉네임에 걸맞게 열정적으로 살아가지 않을까 싶었다. 하고 싶은 도전은 다양했다. 우선 블로그, 인스타그램, 유튜브 각 플랫

폼의 인플루언서 자리를 소유하는 게 제1의 목표였다. 인플루언서라고 하면 외모나 끼가 충만한 사람들을 떠올리기 십상일 테지만, 내가 선택한 주제는 독서였다. 책을 읽으면 '앞으로 어떻게 살아야겠다.'라거나 '이걸 삶에 적용해 봐야겠다.'라는 게 생긴다. 그러한 내용들을 각 플랫폼에 선언하며 실행하기 위해 도전하는 것들을 보인다. 그럼 독서라는 키워드와 도전이라는 키워드, 두 가지를 모두 잡을 수 있다. 독서를 주제로 삼은 데에는 또 다른 이유가 있다. 멋진 대학을 졸업하지 못했다는 사실이 10년이 지난 지금까지도 바코드처럼 남아 있어서였다. 다시 대학을 갈 수도 있겠지만, 독서를 통해 지식을 쌓아 부족함을 채우고 싶었다. 똑똑하다는 말까지는 못 듣더라도 박학다식하다는 말 정도는 듣고 싶었다. 대학 이름이 박힌 명패는 없어도 현명함까지 나 몰라라 하고 싶지는 않았으니까.

책을 통해 새로운 길이 보이기도 한다. 물론 자기 계발을 위해 무턱대고 미라클 모닝을 하라는 책도 있다. 하지만 『이상하고 아름다운 나의 N잡 일지』처럼 자신이 해온 일을 촘촘하게 밝히며 독자에게 길잡이 역할을 제대로 하는 책도 있다. 나는 진작 작가의 꿈을 꾸고 있었음에도, 여기저기 기록하다 보면 출간 기회가 찾아올 거라 생각하고 현 위치에서 최선을 다하며 기다렸다. 그러다 『이상하고 아름다운 나의 N잡 일지』를 읽고 기다릴 게 아니라, 직접 발 벗고 나서야겠구나 싶어 이 책을 집필했다. 이처럼 중간 목표가 생겨서 김과 흰쌀밥만 있던 도무지는 갖가지 재료들로 김밥을 만들고 있다. 지금까지 늘 그래왔듯, 채워진 것도 있고 듬성듬성 비워진 곳도 있다. 욕심을 부리다 툭— 터져 처음부터 다시 만들기도 하지만, 공장식 김밥이 아니라 내 손으로 직접 만든 김밥이기에 어떤 김밥보다 맛있어 보인다.

애석하게도 퇴사 후 맞이한 현실 세계는 더 고독하고 차갑다. 회사의 이름을 뗀 내 가치를 확인받는 일은 매우 어려운 일이라는 것을 몸소 체감하는 중이다. 하지만 그저 흘러가는 대로 따라가기만 하면 되는 직장 생활과는 달리, 처음부터 끝까지 모든 일들을 직면할 수 있어서 좋다. 내 능력과 문제해결력 등을 확인할 수 있으니까.

아쉽게도 이 책에선 퇴사 이후의 모습이 간략하게만 나온다. 이십 대를 담은 이야기에 서른이 끼어들 틈을 주고 싶지 않았다. 이미 작별한 승무원과 현생을 연결 짓고 싶지 않은 까닭도 있었다. 여기까지 읽은 독자들은 이십 대를 쏟아부은 일을 그만두는 것이 아깝지 않냐고 생각할 수도 있다. 혹자는 지금까지 투자한 시간이 후회되지 않느냐고 물어볼 수도 있을 테다. 하지만 단언컨대 아깝지도 후회하지도 않는다. 어느 날은 바짓가랑이 붙잡지 말고 진작 그만둘 걸 후회했다가도, 또 어느 날은 일 년만 더 버텼다면 달라질 수도 있지 않았을까 싶은 날도 있었다.

사랑은 타이밍이라고 하지 않던가. 나는 인생 자체가 타이밍이라고 본다. 학창 시절 지독히도 하지 않은 공부를 대학생이 되어 관심을 붙이고 휴직 때에 했던 것처럼. 평생 읽지 않던 책을 읽다가 불현듯 작가가 되는 것처럼. 사람은 똑같은 인생을 살아도 각기 다른 인생 주기가 있다. 같은 해에 태어나도, 빠른 연생은 한 해 일찍 대학을 입학하고 누군가는 재수한다며 한 해 늦게 입학한다. 결혼도, 아이를 갖는 것도, 죽음도 우리는 각기 다른 시기에 겪는다. 스물아홉, 회사에서 발을 뗀 것은 그때가 타이밍이었던 것이다. 새롭게, 도무지로 살아갈 타이밍!

〈성공과 실패를 넘나드는 너에게〉

당신의 타이밍은 언제인가요?

당신이 지금 당장 할 일은 무엇인가요?

할까 말까 고민할 때는 하세요, 지금 당장!

넘어지면 어때, 툭툭 털고 다시 일어나면 되지!

팬데믹에 실패하고

또 다른 걸 도전하는 너에게

간신히 버티고 있었는데, 그런 네 노력도 모르고 창궐한 팬데믹이 얼마나 미웠니?

그래도 상황에 불평하지 않고 새로운 삶을 찾겠다며 발 벗고 나서줘서 고마워.

만일 이전처럼 방관하고 있었더라면, 나는 도무지가 될 수 없었을 테니까.

언제까지 주어진 상황만 맞닥뜨리며 넘어질 수는 없잖아.

넘어지더라도, 새로운 상황에 부딪히며 도전해야 하지 않겠어? 그게 도무지니까!

# 에필로그

## 지금은
## 침체기인가 전성기인가

저는 작년에 300권의 책을 읽었어요. 11개월째 독서 모임을 주도하고 있기도 하고요. 수백 권의 책을 읽으면서 대단한 주인공들을 만났고, 저 자신이 얼마나 초라해 보였는지 몰라요. 이런 내용으로 감히 책을 출간해도 되는 걸까, 도서관이나 서점에만 가 봐도 책이 쏟아지는데 굳이 내 책을 읽어야 하는 이유가 무엇일까, 누군가에게 한 줄기의 빛이 될 수 있을까, 겨우 몇 글자 끼적이는 게 내 능력의 전부가 아닐까 등의 비관적인 생각들이 머리를 계속 잠식했죠.

시험해 보고 싶다는 생각이 들었어요. 이 길의 끝에는 과연 무엇이 있을까. 결과를 확인하기 위해서는 반드시 마침표를 찍어야만 했죠. 그렇게 이 책을 썼어요. 쓰는 내내 자신을 또 어찌나 괴롭혔는지요. 밑줄을 쫙- 그을 명언을 탄생시켜야 하는 건 아닌가, 수려한 문장을 써야 할 텐데, 이대로라면 공감보다 혹평이 많지는 않을까 하고 말이에요. 내 이야기를 쓰는 데에도 남에게 의식을 뺏겨 눈치 보는 저를 발견한 거죠. 나만의 이야기를 담으면서도 이 글을 읽는 건 독자이니 눈치를 볼 수밖에요. 과연 독자가 읽고 싶어 하는 이야기가 이게 맞을까? 라는 의문이 끊이질 않았어요. 보란 듯이 책을 내는 이유는 무엇일까 점검하는 과정도 부단히 필요했던 거 같아요.

책을 쓰면서 끊임없이 나 자신을 돌아봤어요. 이미 출간되었는데 이 불킥하는 내용이 있으면 안 되잖아요. 책을 집필하기 전에, 브런치 작가로 활동하고 독서 후에 서평을 작성하면서 얼마나 아는 체를 했는지요. '앞으로는 이렇게 살 것이다.', '저렇게 행동하겠다.', '내 어떤 모습을 깨달았다.' 등 현명해진 척을 해놓고 책 속의 저자가 멍청해 보인다면 그만큼 한심한 게 없다는 두려움이 앞선 것이었죠. 그래서 이건 넣지 말 걸, 이 이야기는 그냥 넣을 걸 하며 10년간의 얽히고설킨 이야기를 집약할 때 얼마나 많은 내용을 빼고 넣었는지 모르겠어요. 한 문장, 한 구절 쓸 때마다 이 이야기를 꺼냈을 때 독자가 얻을 수 있는 게 무엇인가 계산기를 두드려 봤어요. 필히 교훈이 아니더라도, 감동이나 재미 그 무엇 하나는 담겨 있어야 하는데 나는 글을 읽느라 시간을 내어준 독자에게 어떤 것을 줄 수 있냐는 것이었죠. 글쎄요. 제 투쟁기를 통해 당신이 떠오른 생각들은 무엇이었을까요?

"전성기도 침체기도 결국 외부의 환경을 보고 내면이 만들어낸 허구에 불과하네요."

스펜서 존슨의 『피크앤드밸리』 책을 읽고 작성한 서평에 '아론의 책'이라는 블로그 이웃이 이런 말을 남겼어요. 그렇더라고요. 저는 떡잎부터 늘 부족함이라는 단어를 달고 살았던 사람이에요. 늘 침체기라 생각했지만, 승무원이 되고 전성기를 맞이한 줄 알았죠. 훈련 생활이라는 난관에 봉착하며 다시 침체기에 빠졌는데, 멀리 있는 사람들에게는 언제나 전성기처럼 보였을 거예요. 오랜 기간 억척같이 버텨낸 제게 코로나라는 진퇴양난이 닥쳤고, 바디프로필과 여타 경험을 통해 오히려 전성기를 맞이했습니다. 큰 손실을 입은 회사가 저를 다시 침체기로 가져다 두었지만, 저는 남들이 못 내는 용기를 내어 침체기에서 탈출했어요.

어쩌면 각 과정은 침체기도 전성기도 아닌, 이 책을 쓰기 위해 반드시 겪어야 할 통과 의례가 아니었나 싶기도 해요. 이런 일련의 과정들을 거치면서 이 책을 통해 던지고 싶은 메시지를 찾은 거 같아요. 괜찮다는 거. 이루지 못하고 부족한 순간이 오더라도 괜찮다고, 지금 상처받고 아파하더라도 괜찮다고, 쉽사리 결정을 내리지 못하고 늘 같은 자리에 있어도 괜찮다고 말해주고 싶어요. 남이 아닌 스스로가 보기에도 한참 모자랐던 사람도 어느새 작가가 되어 글을 쓰고 있잖아요. 그리고 당신이 제 책을 읽고 있잖아요. 그럼 난 이 세상에 필요한 존재라는 거니까. 당신도 어떤 때에 쓸모가 나타날지 모르니 괜찮습니다. 그냥 뭐가 되었든 다 괜찮습니다. 그렇게 말해주고 싶어요. 좀 넘어지면 어떻습니까! 툭툭 털고 일어나면 그만인 걸요. 또 넘어지고, 또 넘어지다 보면 최대한 아프지 않게 넘어질 수 있는 낙법도 배울 수 있을 걸요? 어느 순간에는 멋진 척하며 넘어질 방법을 배울 수 있을지도 몰라요. 우리가 태어나서 아장아장 걷고 누구의 도움 없이 걷게 되기까지 얼마나 많이 넘어졌게요? 아무리 금수저를 들고 태어나도 반드시 겪어야 할 일이잖아요. 아무도 넘어지지 않은 인생은 없어요.

이 책이 서점에 비치되면 사람들의 눈동자에 따라 제 부끄러운 과거가 남김없이 까발려지겠지만, 제 인생이 글로 남겨진다면 그걸로 성공적인 경험담이 아닐까요. 누군가는 제 이야기에 공감하거나 혀를 끌끌 찰 수도 있겠지만, 누군가는 위로해 주고 싶을 수도 있을 거 같아요. 그래서 교훈을 주어야 하는 작가가 무책임하게도 도리어 응원받고 싶다고 생각했어요. 그간 잘 살아왔다고, 고생했다고. 그런 의미에서 제가 먼저 스스로에게 칭찬해 주고 싶어요. 흥행작이 될 수 없는 한 편의 이십 대 이야기일지라도, 서점 베스트셀러에 딱- 꽂혀 사람들에게 명작이라 오르내리지 않는 이십 대의 삶일지라도 또 다른 나와 같은 사람들을 위해 부끄러움을 밝혀주어서요. 멋진 직업을 가졌다는 시선을 뒤로한 채, 숨기고 싶은 과거를 알리는 건 꽤 큰 용기가 필요했을 텐데 말이에요.

저는 제 청춘을 바친 승무원 생활을 청산하고, 삼십 대로서 새로운 인생을 맞이하게 되었어요. 사십 대를 맞이할 때 또 올게요. 그때는 제가 원한대로 '나'를 '나'로서 증명하며 살아가고 있겠죠? 제2의 목표, 제3의 목표까지 이뤄서 사십 대까지 기다리지 못하고 또 다른 책을 펼지도 모르죠. 그럼 그때 꼭 다시 보러 와주세요. 그땐 부끄러움보다 대견한 모습을 더 많이 들고 올게요.

THANKS TO - 우리 딸 믿는다며 늘 응원과 사랑을 아끼지 않는 부모님께 감사드립니다. 제 옆자리를 꿰차고 지칠 때마다 힘이 되어준 소중한 자식 아지에게도 고맙습니다. 동생이 퇴사를 결정했을 때 우려 가득한 목소리를 내었지만, 이내 삼키고 티 내지 않은 언니에게도 고맙습니다. 현실적인 조언을 아끼지 않으면서도 늘 내 편이 되어주는 제 단짝 Y에게도 감사의 말을 전합니다. 제 이십 대의 인생 속에 담겨 책 속에 등장해 주신 모든 분께 고맙습니다. 누군가에겐 좋지 않은 일로, 누군가에겐 즐거운 일로 등장했을지 모르겠으나 여러분들의 한 장면, 장면들이 모여 이 책을 완성할 수 있었어요. 비록 책에 등장하지는 않았지만, 제 기억 속에 존재하는 모든 분께 감사드립니다. 마지막으로, 회사를 탈주하고 키보드만 두들기는 제게 귀한 기회를 주신 미다스북스 출판사와 이 여정을 함께한 김요섭 편집자님께도 감사의 말씀을 전합니다. 진짜 마지막으로, 이 책을 끝까지 읽어주신 독자 여러분께 깊은 감사 인사드립니다. 고맙습니다. 행복하세요!